62430

202492

D1150749

Le Voyage
de la sylvanelle

Joël Champetier

Éditions Paulines

DU MÊME AUTEUR
DANS LA MÊME COLLECTION:

La Mer au fond du monde
La Requête de Barrad
La Prisonnière de Barrad
Le Jour-de-trop

L'écriture de ce roman a été rendue possible grâce à une bourse du ministère de la Culture du Québec.

Photocomposition et montage: *Éditions Paulines*

Illustration de la couverture: *Jean-Pierre Normand*

ISBN 2-89420-202-4

Dépôt légal — 4e trimestre 1993
Bibliothèque nationale du Québec
Bibliothèque nationale du Canada

© 1993   Éditions Paulines
          3965, boul. Henri-Bourassa Est
          Montréal, QC, H1H 1L1

Au vieux Dutchey,
chien aussi fidèle que grognon.

1

Deux ans plus tard

Ce matin-là, les couloirs du château de Contremont résonnaient d'appels impatients.

— Votre Altesse? Êtes-vous ici? Répondez-moi, je vous prie! Y a-t-il quelqu'un qui a vu la princesse Melsi?

Ces appels provenaient de dame Zirnon, la préceptrice de Melsi, qui traversait en coup de vent les nouveaux couloirs de la tour royale. Par réflexe, la préceptrice avait dirigé ses pas en direction de l'escalier des serviteurs, puis elle se rappela que cet escalier avait été démoli pour faire place à une cuisine. Elle rebroussa chemin, poussant un soupir d'exaspération. Deux ans plus tôt, le siège contre le géant Barrad et la bataille qui s'était ensuivie avaient causé tant de dégâts que les architectes du royaume en avaient profité pour refaire l'aménagement intérieur de la tour royale. La princesse Melsi, par exemple, possédait maintenant ses propres appartements avec vue sur le fleuve Pibole — et c'est là que dame Zirnon se dirigeait. Elle pénétra sans même frapper dans une petite antichambre tapissée de tissu bleu.

— Votre Altesse?

Personne ne répondit.

— Melsi... grogna la préceptrice en reprenant son souffle. Je n'ai pas le temps de vous chercher partout, pas ce matin...

Elle sortit de l'appartement aussi vivement qu'elle était entrée et faillit bousculer dame Grumiaux qui accourait. Après avoir repris contenance, dame Zirnon s'impatienta:

— Alors? Avez-vous vu la princesse?

— Je croyais qu'elle était avec ces demoiselles, répondit dame Grumiaux, catastrophée.

— C'est de là que je viens, qu'est-ce que vous croyez? Je dois terminer les ajustements à sa robe et elle est introuvable. Vous devez m'aider à la retrouver.

— Mais je n'ai pas le temps, gémit dame Grumiaux. Nous devons répéter la danse, terminer les costumes!

Poussant un cri rauque de frustration, dame Zirnon abandonna dame Grumiaux et s'élança à grandes enjambées le long des couloirs du château, interpellant tous les serviteurs qu'elle rencontrait. Mais, ce matin, petits nobles, courtisans et serviteurs étaient tous trop occupés pour l'aider...

Depuis la mort de Barrad, un deuxième

hiver avait fait place au printemps, et déjà il était temps de se préparer pour l'été. Ce matin-là, le soleil s'était levé au-dessus du lac Emblic, baignant d'une fraîche lumière dorée le château de Contremont, les routes pavées de la ville, ainsi que la rive herbeuse du fleuve Pibole, où une intense activité régnait. Sous les ordres des contremaîtres, serviteurs et hommes de main s'affairaient à balayer, nettoyer et décorer le pavillon de campagne de la famille royale. Les jardiniers et jardinières taillaient les arbres et plantaient des fleurs en pot. Le chef des cuisines supervisait la mise en broche d'un énorme quartier de bœuf, tandis que trois boulangères, affairées à la préparation de pains et de gâteaux, discutaient gaiement, leur rire comme un tintement de cloches dans l'air calme du matin.

Dame Zirnon, elle, n'entendait pas à rire. Elle s'arrêta soudain au détour d'un couloir, immobile, ses yeux de hibou roulant dans leurs orbites. Elle avait cru entendre... Mais si! Ces légers frottements de griffes contre le carrelage... Sous son nez, deux furets, un noir et un blanc, filèrent ventre à terre en direction de l'escalier. Dame Zirnon faillit pousser un cri de triomphe, mais elle se tut, attendant patiemment ce qui allait suivre. Sa prédiction s'avéra justifiée: un bruit de pas furtif se fit entendre, puis une fillette d'une dizaine d'années apparut, le visage rieur sous une longue chevelure d'or, le pas agile malgré sa robe d'apparat.

— Halte! s'écria dame Zirnon en bloquant le couloir.

Melsi figea sur place, ses yeux bleus écarquillés de surprise. Mais elle reprit contenance aussitôt, un sourire coquin sur le visage.

— Ah! Dame Zirnon. On ne vous rencontre pas souvent à cet étage.

— Votre Altesse... soupira la préceptrice. Ce n'est pas le temps de jouer avec vos furets. Vous ne voyez donc pas que nous allons être en retard?

— Mais je suis prête!

— Que non! Vous n'avez pas votre bouquet. Et vous ne pouvez pas assister à une cérémonie de fiançailles avec les cheveux aux quatre vents! Je dois vous coiffer. Allez, venez!

— Et mes furets?

Dame Zirnon fit mine de réfléchir.

— Vous avez raison: il y a bien assez de tumulte dans ce château sans qu'il soit nécessaire d'y ajouter vos deux trouble-fêtes. Mais pas question de vous perdre encore de vue, nous enverrons un page les récupérer.

— Mais...

— Plus un mot, et en avant!

Les lèvres retroussées en une expression de bouderie trop caricaturale pour convaincre, soupirant et traînant les pieds, Melsi précéda dame Zirnon le long du couloir.

Pendant ce temps, Nestorien étudiait son reflet dans un haut miroir qu'il avait fait transporter dans sa chambre pour l'occasion. Pour dire la vérité, il se trouvait fière allure dans son habit d'apparat. Malheureusement, à cause de sa nervosité, son visage pâle avait carrément pris un teint de craie, ce qui s'harmonisait curieusement avec son col noir et son large chapeau plat. Il tenta d'incliner le chapeau vers l'avant, mais le rebord lui cachait les yeux. Sur le côté? Cela manquait de dignité. Vers l'arrière? Aïe, il avait maintenant tout à fait l'air d'un paysan!

Avec une crampe douloureuse à l'estomac, Nestorien se rappela que ses parents et ses six frères et sœurs avaient été invités à la cérémonie. Même le roi Japier serait présent. Heureusement que Japier avait eu le tact d'organiser une fête informelle, sur les rives du Pibole. Malgré tout, Nestorien pria pour que personne de sa famille ne lui fasse honte devant les nobles de Contremont.

Dans le miroir, le visage glabre de Sirokin apparut au-dessus de son épaule, la joue soulevée par un sourire en coin.

— As-tu fini de jouer avec ton chapeau? Tu es très bien comme ça.

Avec un immense soupir, Nestorien s'arracha à la contemplation du miroir et se tourna vers maître Sirokin, le premier conseiller du roi Japier. Dans le regard de Sirokin, l'expression moqueuse se nuança d'inquiétude.

—Allons, Nestorien! Reprends-toi un peu! Tu as l'air d'un condamné en route vers l'échafaud.

—Dois-je vous avouer, maître, que cette cérémonie me semble bien prématurée tout à coup?

—Bien sûr que non. Tu es simplement nerveux.

Nestorien s'assit sur le bord de son lit, hochant la tête avec un air éberlué.

—Vous ne comprenez pas. Nous avions pourtant convenu, Fafaro et moi, que nous ne resterions que des amis. Et, les premiers mois, c'est bien le seul sentiment qu'il y avait entre nous, du moins me semble-t-il.

Sirokin toussota.

—Mais par la suite... reprit Nestorien. À vrai dire, je ne comprends pas ce qui s'est passé...

—La plupart des amoureux en viennent à cette constatation.

—Maître, vous vous moquez de moi.

—Je me moque de toi parce que tu es ridicule, répondit Sirokin sur un ton catégorique. Si au moins il s'agissait de ton mariage... Ce ne sont que des fiançailles, une occasion de fêter. De toute façon, il est un peu tard pour changer d'idée, n'est-ce pas? Je sens déjà la bonne odeur des quartiers de bœuf qui ont commencé à tourner sur la braise. Alors trêve de gémissements! Que dirait le roi s'il constatait que son plus jeune et fougueux conseiller s'effondre aussi complètement face à l'adversité?

— Il serait fort déçu, répondit une voix sévère venue du couloir.

Le roi Japier entra nonchalamment dans la pièce, ses sourcils noirs froncés.

— En fait, poursuivit-il, il commencerait même à se demander s'il doit garder ce pusillanime jeune homme à la table de son conseil.

— Majesté! souffla Nestorien en posant le genou au sol.

Sirokin se contenta de pencher la tête, sans cesser de sourire.

— Vous nous écoutiez, Majesté?

— Tous mes espions sont en mission, je suis donc bien obligé de les remplacer dans mon propre château. Mais je suis un piètre remplaçant: je n'ai compris que la fin de la conversation. Que se passe-t-il donc ici?

— Notre jeune ami veut remettre la cérémonie à plus tard, et peut-être même l'annuler complètement.

— Rigoureusement impossible! éclata Japier, coupant net la protestation scandalisée de Nestorien. Et cela pour une très bonne raison.

— Laquelle? demanda faiblement Nestorien, qui voyait bien qu'on se moquait de lui.

— Tes parents t'attendent dans l'antichambre, expliqua Japier avec un large sourire. Je propose que tu ailles les accueillir : je crois que je les terrifie.

— Bien sûr, Majesté! bredouilla Nestorien. Je vous remercie de votre compréhension, Majesté.

Il s'élança, mais Sirokin l'arrêta d'un cri.

— Nestorien! Tu oublies ton chapeau...

Nestorien rebroussa chemin pour récupérer le chapeau, marmonna un quelconque remerciement, et disparut de nouveau par le couloir.

Japier et Sirokin attendirent qu'il se fût suffisamment éloigné pour éclater de rire.

* * *

Toujours suivie de dame Zirnon, Melsi entra dans les appartements de Fafaro, ayant entretemps retrouvé son entrain et sa bonne humeur. Il n'y avait personne dans la petite antichambre au plancher jonché de pétales de fleurs, de bouts de tissus, de sequins et de perles de verre. La porte du boudoir s'ouvrit, laissant passer l'habilleuse, qui avait l'air à la fois heureuse et épuisée.

— Ces demoiselles sont prêtes.

Fafaro et Diarmuid apparurent à leur tour. Elles étaient jeunes toutes les deux, le corps

14

mince comme un roseau, mais là s'arrêtait toute ressemblance.

C'était Diarmuid qui attirait d'abord le regard, malgré sa robe que l'on avait volontairement gardée simple. Sa peau avait la couleur de la crème, sa chevelure flottait, libre et blanche, éblouissante comme un reflet du soleil sur les flots. Son visage ovale aux yeux vert pâle était d'une beauté irréelle, presque douloureuse. Car Diarmuid n'était pas humaine. C'était une sylvanelle, née de l'union de l'eau et de la terre, membre d'une race si ancienne que les habitants de Contremont l'avaient longtemps cru éteinte.

Fafaro, pour sa part, était indubitablement humaine. Elle avait hérité du peuple des Musaphes un visage mince, un regard noir pétillant et des cheveux aile-de-corbeau. Longtemps elle avait coupé ses cheveux à la garçonne, mais ceux-ci s'étaient allongés et descendaient en boucles sur ses épaules laissées nues, la teinte cuivrée de sa peau contrastant avec la blancheur de sa robe. Un sourire d'autodérision flottait sur ses lèvres, comme si elle refusait de prendre au sérieux ce qui lui arrivait.

Melsi tourna autour de Fafaro et Diarmuid, riant de ravissement.

— Oh, Fafaro! Tu es presque aussi belle que Diarmuid!

Le sourire de Fafaro s'affaissa imperceptiblement.

— Presque.

Dame Zirnon leva les yeux au ciel.

— Votre Altesse, je vous en prie... On ne compare pas la beauté des dames.

— Les hommes le font bien, eux!

— Justement, vous n'êtes pas un homme. Vous êtes une toute jeune fille, princesse de surcroît. Votre comportement devrait refléter ce noble héritage.

— Ça ne fait rien, intervint Fafaro avec un geste fataliste. À vrai dire, je me trouve ridicule, emballée comme un cadeau de prix. Si j'ai accepté de me déguiser ainsi, ce n'est que pour faire plaisir à Nestorien et à sa famille. Et puis... (Elle regarda Diarmuid avec un sourire en coin.) Aussi longtemps qu'on me comparera à toi, ça ne sera pas si mal.

Diarmuid haussa imperceptiblement les épaules. Depuis qu'elle vivait au château de Contremont, elle s'était humanisée peu à peu. Alors qu'auparavant elle était absolument amorphe, elle souriait maintenant parfois, un pâle frémissement des lèvres. Elle soupirait, elle haussait les épaules. Il lui arrivait même d'amorcer la conversation, ce qu'elle ne faisait jamais avant. Mais elle restait une créature extrêmement distante et détachée.

— On me répète que je suis belle, dit Diarmuid de sa voix cristalline. Je ne me perçois pas comme telle. Je trouve importune l'attention que l'on me porte. J'échangerais bien ma beauté si la chose était possible.

La voix de dame Zirnon prit un ton sarcastique.

— Ma pauvre enfant! Si la chose était possible, toutes les femmes du royaume assiégeraient le château pour te proposer l'échange. En pure perte, bien entendu, puisque je serais passée avant elles. Enfin... Assez de bavardage et alignez-vous toutes les trois. Fafaro au milieu et les deux demoiselles d'honneur à ses côtés.

Dame Zirnon et l'habilleuse firent mille autres ajustements de dernière minute.

— Mmm, finit par dire dame Zirnon, le regard critique (et un peu envieux). Vous formez un trio remarquable, à n'en pas douter. Je recommande particulièrement à Fafaro d'être tolérante; après quelques coupes de vin, certains hommes ont la déplorable habitude de se montrer familiers.

— Je sais me défendre contre bêtes, hommes et dragons, répliqua Fafaro avec un sourire carnassier.

— Oui, je sais, et c'est la raison de mon avertissement. Que penseront les parents de Nestorien si leur future belle-fille termine la célébration de fiançailles par un pugilat en règle?

— Je frapperai sournoisement et sans bruit, promit Fafaro.

Dame Zirnon cligna des yeux plusieurs fois, incapable de décider si la jeune fille était sérieuse ou non. Puis elle prit une longue inspiration et tendit la main vers le couloir. Il était temps d'y aller.

Pendant une fraction de seconde, le sourire de Fafaro fluctua. Son regard noir s'humecta et on aurait pu croire qu'une larme allait couler. Mais non. Elle leva le nez avec détermination et s'avança, suivi de Diarmuid et de la princesse Melsi.

* * *

En plein après-midi, sur une allée tapissée de pétales de fleurs, Nestorien et Fafaro s'avancèrent jusqu'à l'arche de bois du vieux pavillon d'été, où se déroula la cérémonie de fiançailles. Un banquet champêtre fut ensuite servi sur des tables couvertes de roses et de fleurs des champs. Pendant que les musiciens jouaient de leurs instruments et que la troupe de dame Grumiaux dansait, on servit des viandes et des volailles rôties, du civet de lièvre, du poisson en aspic, des cœurs de poireaux en sauce, des gâteaux aux noix et à la crème, le tout arrosé de vin épicé et de cidre gardé au frais dans le Pibole.

Au bout de quelques heures, le roi Japier se

retira discrètement, suivi de deux gardes en civil, encore plus discrets. Une grappe de raisin à la main, il déambula sur la rive du Pibole. Il se rendit jusqu'au bout d'un vieux quai, contempler le soleil qui s'approchait de l'horizon. Les bruits de la fête continuaient de lui parvenir, assourdis par la distance, et il se sentit soudain terriblement mélancolique.

Il entendit des pas derrière lui. Sirokin approchait, une coupe de vin à la main, vêtu d'une longue toge noire. L'impression générale de sévérité était grandement diminuée par une empreinte de lèvres rouge vif sur sa joue droite. Sirokin s'arrêta à quelques pas, comme s'il devinait l'état d'esprit de son roi.

— Suis-je importun?

— Au contraire. Ta présence est la bienvenue. J'étais en train de m'apitoyer sur moi-même, une regrettable habitude de ma part.

— Nous avons tous nos petits défauts.

— C'est vrai. Par exemple, toi tu te promènes avec une marque de baiser sur la joue.

Sirokin s'essuya, faisant semblant d'être vexé.

— Je comprends maintenant pourquoi la princesse voulait tant m'embrasser. J'aurais bien dû me douter qu'il y avait là quelque attrape.

Les deux hommes restèrent silencieux, profitant de la fraîcheur de la brise qui traversait le Pibole. Le soleil effleura l'horizon. De l'autre côté du méandre, les rires et les exclamations de joie augmentèrent d'intensité.

— Je ne veux pas revenir tout de suite au château, dit Japier, la soirée est trop belle. Je retournerais bien à la fête, mais je crains d'intimider nos convives. Ils s'amuseront bien plus si je ne suis pas là.

— C'est probablement le cas, malheureusement.

— C'est un des inconvénients d'être le roi. Il est difficile de se faire des amis.

— Vous en avez au moins un, dit doucement Sirokin.

Japier acquiesça, le regard luisant. Les deux hommes revinrent sur la berge, où ils marchèrent le long d'anciens sentiers de pierre qui serpentaient dans une pommeraie un peu négligée. Une enfant s'approcha en courant, aussi vite que le lui permettait sa longue robe de bal. C'était la princesse Melsi. Elle s'arrêta face à Japier et Sirokin, les joues rouges d'excitation, sa coiffure dans un état qui aurait certainement déplu à dame Zirnon.

— Père, vous voilà donc! Avez-vous vu Nestorien et Fafaro? Ils ne sont plus au pavillon.

— Ils se sont peut-être retirés.

— Déjà? Mais je dois absolument parler à Fafaro!

Japier prit sa fille par la main.

— Tu lui parleras demain. Je suis persuadé

qu'elle est très fatiguée et qu'elle n'a pas envie d'être dérangée.

Japier ramena Melsi à la fête. Les serviteurs venaient d'allumer un feu de joie. La famille de Nestorien avait disparu: c'étaient des paysans, ils allaient devoir se lever tôt le lendemain. On servit du thé et des desserts à ceux qui restaient. Japier discuta avec nobles et courtisans. La nuit tomba. Les enfants ensommeillés furent ramenés au lit, y compris Melsi.

La fête se poursuivrait sans doute très tard dans la nuit, mais Japier sentit de nouveau le besoin d'être seul. Il monta l'ancienne allée vers Contremont, toujours suivi discrètement par ses gardes du corps. Sur les murs, à intervalle régulier, des torches avaient été allumées pour éclairer le passage. La lune s'était levée, presque pleine, et sa lueur d'argent donnait à la pierre noire et rousse du château une teinte irréelle. Sur un des murs d'enceinte, Japier aperçut une silhouette spectrale, immobile et blanche comme si la lumière lunaire avait pris forme humaine. Japier ne put s'empêcher de monter l'escalier étroit qui menait sur le parapet.

Jamais Diarmuid ne lui avait semblé aussi peu humaine. Ses cheveux blancs flottaient doucement, comme s'ils étaient habités d'une vie propre; son corps était si mince qu'on aurait pu croire que les vêtements ne cachaient que le vide. Elle regardait vers le nord par un des créneaux, son visage figé comme un masque de plâtre. Diarmuid n'avait jamais été expressive, mais la première année elle s'était progressivement humanisée, si bien que Japier avait espéré qu'un jour elle se comporterait comme une humaine ordinaire. Or c'était faire peu de cas de sa nature de sylvanelle. Ces derniers mois, elle avait semblé de plus en plus distraite, de plus en plus indifférente à ce qui l'entourait. Ce n'était pas la première fois que Japier la surprenait ainsi, le regard tourné vers le nord, perdue dans des pensées que nul ne pouvait sonder.

Sur la joue blanche, une larme coula, reflétant la lumière pâle de la lune. C'était la première fois que Japier la voyait pleurer.

— Tu n'es pas heureuse parmi nous, constata Japier d'une voix douce.

Avec une lenteur irréelle, Diarmuid tourna le regard vers lui.

— Ce n'est pas votre faute, Majesté. Je sens l'appel de mon peuple.

— La légende est donc vraie? Les sylvaneaux vivent encore au nord de la mer Géante?

— Le nord... Le sud... L'est et l'ouest... Vos concepts humains ne représentent rien pour moi. Tout ce que je sais, c'est qu'un murmure me souffle à l'oreille à toutes les heures de veille ou du sommeil, un murmure fait de mille voix, et qui me supplie de le suivre. À chaque jour qui passe, de nouvelles voix s'ajoutent.

— Et ces voix viennent de cette direction?

Elle hocha affirmativement la tête.

— Je t'ai déjà promis que mes plus valeureux soldats t'accompagneraient si tu voulais un jour partir, dit Japier.

— Je m'en souviens.

— C'est donc ce que tu désires?

— Oui, murmura Diarmuid, presque inaudible.

— Je tiendrai ma promesse, tu le sais.

— Je le sais. C'est pour cette raison que je pleure.

Japier recula de quelques pas, puis retourna lentement vers la tour royale.

2

La requête de Diarmuid

Dix jours après les fiançailles de Fafaro et Nestorien, Japier convoqua ce dernier à la salle du conseil. Nestorien se prépara bien à l'avance, fier quoiqu'un peu surpris par cette convocation. Il n'assistait que rarement aux réunions du conseil de Japier. Malgré son titre de «conseiller», il n'était encore qu'un apprenti. La majeure partie de ses journées était plutôt consacrée à l'étude sous la tutelle de maître Sirokin.

Dans le couloir menant à la salle du conseil, Nestorien tomba sur Vernon, le premier lieutenant de l'armée, un de ses rares amis à Contremont. À la question étonnée de Nestorien, le jeune soldat expliqua qu'il avait lui aussi été convoqué par le roi.

— Comme c'est curieux, dit Nestorien.

Le roi Japier, Sirokin et Matolch, le vieux chef des armées, étaient déjà assis autour de la table du conseil. Nestorien et Vernon saluèrent et prirent place, un peu désarçonnés par une inhabituelle présence féminine: Diarmuid, la sylvanelle, attendait en silence, assise à la droite de Japier.

— Bon, nous sommes tous là, annonça tout de suite Japier. Ceci est une réunion informelle. Nous ne nous embarrasserons pas de protocole.

— Parfait! grogna Matolch, un vétéran de bien des campagnes. Le verbiage me donne de l'urticaire.

— Je constate que tu m'as bien compris, remarqua Japier avec un sourire en coin. Je vous ai convoqués pour vous faire part d'un souhait récemment exprimé par Diarmuid, dont la présence ici vous surprend peut-être.

En quelques mots, il résuma à son conseil la conversation qu'il avait eue avec Diarmuid dix jours plus tôt. Après plusieurs protestations peinées de la part des gens présents, Japier réussit à poursuivre:

— Je vous en prie. Nous avons eu l'occasion d'en reparler, Diarmuid et moi. Sa décision est prise, même si elle me fait autant de peine qu'à vous. Mais ne vous attristez pas trop tôt: Diarmuid ne nous quittera pas ce matin. Je lui avais promis une escorte jusqu'aux terres inconnues du nord de la mer Géante. C'était une promesse sincère, mais un peu légère de ma part, vu que Contremont ne possède qu'une marine fluviale. J'ai envoyé un messager au château de la ville portuaire de Trioriz, demandant au roi Normand sa collaboration. En effet, je me suis laissé dire que Normand s'était doté au fil des ans d'une imposante flotte d'excellents navires. Or j'ai reçu ce matin ma réponse: Normand consent à me prêter deux de ses meilleurs navires, avec un équipage trié sur le volet, afin de traverser la mer Géante. Semblerait-il que cette mer, quoique formidable, ne soit pas infranchissable.

Sirokin ne cacha pas son scepticisme.

— Je m'étonne que le roi Normand soit si bien disposé à votre égard. Votre dernière rencontre n'a pas laissé que des bons souvenirs.

— Tu ne parles tout de même pas de ces sottises de jeunesse? demanda Japier en éclatant de rire. Normand est maintenant marié, avec deux enfants. Rassure-toi, fidèle Sirokin, nous avons passé l'âge de nous jeter du sable à la figure!

Japier poursuivit. Une importante délégation se mettrait en route pour Trioriz, à la fois pour accompagner Diarmuid et renouer des liens d'amitié avec Normand. De là, quelques volontaires accompagneraient Diarmuid à bord des navires, pour la traversée, jusqu'aux mystérieuses terres des sylvaneaux.

Matolch hocha la tête, une grimace dans sa barbe grise.

— Majesté, demandez-moi de me battre

contre huit malandrins avec une main attachée derrière le dos, et j'obéirai à vos ordres. Mais ne me demandez pas d'accompagner Diarmuid. Je hais les bateaux, je hais les marins et je hais la mer plus que tout. Si l'homme a des pieds, et non pas des nageoires, c'est parce qu'il a été fait pour marcher sur terre.

— Rassure-toi, dit Japier. Je te garde à mon côté. Non, comme ce voyage sera sans doute éprouvant, je propose que l'escorte de Diarmuid soit sous la responsabilité d'un conseiller qui possède encore la vigueur de la jeunesse; j'ai nommé Nestorien. Et toi, Vernon, tu les accompagneras avec quelques-uns de tes hommes pour veiller à leur sécurité. Si vous êtes volontaires, bien entendu.

Vernon se leva, son visage piqueté de taches de rousseur rayonnant de fierté.

— C'est un grand honneur que vous me faites, Majesté.

Nestorien aussi s'était levé. Il s'inclina face à Japier.

— Je suis touché par votre confiance. (Il échangea un regard avec Diarmuid, toujours silencieuse.) J'y vois d'ailleurs une certaine justice. N'est-ce pas moi qui t'ai découverte, entre les racines d'un saule des marais Marivoles? J'aurai été le premier à te connaître, et je serai le dernier à te dire adieu.

Diarmuid baissa les yeux.

— J'espérais pouvoir vivre parmi vous. Mais l'appel de mon peuple est trop puissant. Je dois partir. Ce fut une erreur de m'aimer.

Japier prit la main de la sylvanelle, doucement, presque avec déférence.

— Ce n'est jamais une erreur d'aimer, Diarmuid. Tu me manqueras. Tu nous manqueras tous.

Diarmuid ne répondit rien. Peut-être parce qu'il n'y avait rien à répondre.

* * *

Nestorien retourna à ses appartements, perdu dans ses pensées. Il y trouva Fafaro en train de faire les cent pas d'un bout à l'autre de sa chambre. Fafaro n'avait pas été élevée à la cour, et avait peu de patience envers l'étiquette vestimentaire. Elle acceptait de porter une robe pour assister aux mondanités; mais chaque fois qu'il était possible, elle préférait un pantalon campagnard, une chemise et un simple pourpoint, au grand désespoir des habilleuses du château.

— Alors? s'empressa de demander Fafaro. De quoi avez-vous discuté?

Nestorien fronça les sourcils, un peu vexé.

— Il ne t'est jamais venu à l'idée que les discussions du conseil pouvaient être secrètes?

— Il ne t'est jamais venu à l'idée que je

pouvais te tordre le nez jusqu'à ce que tu parles?

Nestorien sourit. De toute façon, elle finirait bien par être mise au courant de leur décision. En quelques mots, il lui rapporta ce que le roi Japier avait décidé. Fafaro ne parut pas surprise de la requête de Diarmuid, il y avait un bon moment qu'elle avait deviné que la sylvanelle n'était pas heureuse parmi eux.

— Et quand partirons-nous?

— Dès que notre roi aura terminé les préparatifs pour sa visite officielle, c'est-à-dire très bientôt.

— Je ne suis jamais montée à bord d'un navire, dit Fafaro d'un air songeur. Ce sera une expérience intéressante.

— Mais Fafaro... Tu ne m'accompagneras pas pour la traversée. Tu resteras avec le roi et sa délégation, à Trioriz.

— Tu plaisantes?

— Je ne plaisante pas. Ça ne sera pas un voyage d'agrément, ça peut même être dangereux.

— Holà! éclata Fafaro, les yeux ronds. J'ai été guide à travers les monts Fructice, tu t'en souviens? J'ai vécu plus de situations dangereuses dans ces quelques années que tu n'en connaîtras de ta vie! Alors dis-toi bien que si cette traversée n'est pas trop dangereuse pour toi, elle ne l'est pas non plus pour moi! (Elle se laissa tomber dans un fauteuil, le visage tourné vers le vitrail qui donnait sur les toits de tuiles de Contremont.) Et puis, j'en ai assez d'être entre quatre murs. J'ai toujours vécu au grand air, tu le sais bien. J'étouffe ici. Enfin, pas toujours, mais parfois...

Nestorien s'approcha.

—Je croyais que tu aimais la vie au château.

Fafaro lui prit la main et la serra contre sa joue.

—Et ce n'est pas la seule raison, murmura-t-elle. Il y a aussi que je n'ai pas envie d'être séparée de toi.

—Tu es bien piteuse tout à coup, ne put s'empêcher de taquiner Nestorien. Si je ne te connaissais pas mieux, je croirais que tu te sers d'une déloyale tactique féminine pour me faire changer d'idée.

—Goujat! rugit Fafaro en bondissant du fauteuil. Tu doutes de ma sincérité?

Nestorien se retrouva la figure écrasée sur le tapis, son bras plié dans le dos, Fafaro allongée de tout son poids à la hauteur de ses épaules. Le visage inversé de la jeune femme se colla contre le sien, tout sourire entre ses longues mèches de cheveux noirs.

—Tu préfères peut-être ce genre de tactique féminine?

—Arrête! implora Nestorien, moitié riant, moitié grimaçant sous la douloureuse clé de bras. Je... Je viens d'avoir une idée... Je vais dire à Japier que Diarmuid souhaite ta présence... À bord du navire...

— Tu promets?

— Hé! Mais tu me fais mal!

— Tu promets?

— Je promets, je promets...

La clé de bras se relâcha quelque peu. Nestorien en profita immédiatement pour pousser Fafaro, pivotant de façon à se défaire de la clé de bras. Fafaro poussa un cri d'outrage, mais il avait appuyé le pied contre le mur de pierre et put la repousser alors qu'elle tentait de se relever. Ils heurtèrent tous les deux le lit, et ce fut au tour de Nestorien de sourire sans vergogne au nez de Fafaro coincée sous lui. Elle fit quelques efforts pour se libérer, mais ils manquaient de conviction.

— Je t'ai, constata Nestorien.

— On le dirait, répondit Fafaro avec dignité.

— On t'a déjà dit que tu étais une peste? Une fort jolie peste, mais une peste tout de même.

— C'est un peu tard pour t'en rendre compte. Je suis ta fiancée, maintenant.

— Nous ne sommes pas encore mariés. J'ai un an pour changer d'idée.

— Ça ne se fait pas! (Elle demanda, plus sérieusement.) Tu vas quand même demander au roi si je peux t'accompagner?

— Pourquoi pas? Je suis convaincu que Diarmuid appréciera réellement ta présence.

— Et toi?

— Bof... Moi aussi, je suppose... Alors? Est-ce que je peux te libérer? Ou tu vas encore me tordre le bras?

— Mmm... Je n'ai pas l'intention de te tordre le bras. Mais tu n'es pas obligé de me libérer, du moins pas tout de suite...

La position était commode pour s'embrasser, ce qu'ils firent.

3

Trioriz

Quatre jours plus tard, aux premières heures du matin, un important équipage traversa la porte est des remparts de Contremont. En tête chevauchait dignement le roi Japier, son armure d'apparat brillant sous les rayons du ciel matinal. Il était suivi de près par Sirokin et Matolch. Un carrosse rouge et doré, tiré par quatre chevaux blancs, transportait les dames, surveillé de près par le premier lieutenant Vernon et sa troupe de soldats. Nestorien et les serviteurs fermaient la marche.

Durant une semaine, ils chevauchèrent sans se presser le long de la route du nord, s'arrêtant pour passer la nuit dans les manoirs et les modestes châteaux des villes situées sur la route: Denare, Prassin, Landrivel. Plusieurs jours plus tôt, des messagers avaient annoncé la venue du roi et ils étaient donc accueillis avec tous les honneurs qui leur étaient dus. À l'exception de la chaleur un peu excessive, ce fut un voyage fort agréable et sans histoire.

Le huitième jour, le vent apporta une fraîcheur bienvenue, ainsi qu'un parfum de sel qui parut délicieux à Nestorien. La compagnie passa un col entre deux collines escarpées et un panorama spectaculaire apparut. Une route en lacet descendait jusqu'à des remparts qui semblaient avoir été taillés dans la pierre grise de la colline. Au-delà de ces remparts, seules les pointes des toits de la ville de Trioriz étaient visibles, ainsi que le château lui-même, une haute bâtisse grise, noble et austère comme un vieillard, adossée à la falaise. Et plus loin s'étendait la mer, scintillante, à perte de vue. Magnifique, songea Nestorien. Et à en juger par les sourires de ses compagnons et compagnes, il n'était pas le seul de cet avis.

Une troupe de soldats vint à leur rencontre, montés sur de grands chevaux noirs. Un officier s'inclina bien bas devant Japier et l'invita à le suivre: sire Normand attendait sa venue avec impatience. La compagnie chevaucha jusqu'aux remparts, qu'ils passèrent sous les vivats modérés de la foule. Ils continuèrent jusqu'à une vaste terrasse de pierre grise, où un dais avait été déployé. Sous le tissu qui battait au vent, le roi Normand et sa suite les attendaient.

Avant même que des serviteurs aient eu le temps de lui offrir leur aide, Japier sauta souplement à terre et aida Melsi à descendre du carrosse. Suivi de Sirokin et Matolch, il s'avança vers le dais, où le roi Normand s'était levé de son trône et l'attendait, un sourire sur le visage. Bien que son front clair commençât à se dégarnir, il n'était guère plus âgé que Japier. Il était cependant plus corpulent, et son visage rond aux paupières tombantes lui donnait un air un peu dédaigneux qui renforçait son aura de majesté. Comparé à lui, Japier avait l'air d'un jeune homme.

— Sois le bienvenu, Japier.

— Normand! C'est un plaisir de te revoir.

Le roi Normand éclata de rire.

— Tu n'es pas rancunier, ou alors très diplomate. Bah! Pourquoi pas? Moi aussi, je suis heureux de te revoir, aussi incroyable que ça puisse te paraître.

— Tu ne penses sûrement pas à cette vieille histoire: c'était une frasque de gamins. Il s'est passé tant de choses depuis. Voici ma fille Melsi, mon trésor le plus cher et le plus beau souvenir que m'ait laissé Anne.

Melsi salua courtoisement. Le roi Normand présenta sa famille à son tour: la reine Obélie, une femme grande aux cheveux blonds très frisés; le prince Auré, à peine plus vieux que Melsi; et la petite princesse Mistingue qui remuait sur sa haute chaise, visiblement à bout de patience. Normand présenta ensuite ses conseillers et ses chefs militaires; Japier présenta Sirokin, Matolch, Nestorien et Fafaro, ainsi que Diarmuid. Comme toujours, ce fut la sylvanelle qui fit le plus d'effet. Normand parut subjugué, mais Obélie fronça des sourcils désapprobateurs. Un murmure parcourut le groupe de dignitaires de Trioriz, même la petite Mistingue resta la bouche grande ouverte en une attitude de parfaite stupéfaction.

Normand fit signe à Diarmuid de s'approcher, ce qu'elle fit.

— C'est donc toi que Japier veut que nous escortions au nord de la mer?

— Oui, Majesté, répondit Diarmuid, sa voix tel un tintement de clochettes.

Normand resta un long moment muet, comme si un sortilège lui avait fait disparaître la langue, puis il reprit :

— Je... Nous... Vous devez tous être fatigués de cette longue route. Nous parlerons plus longtemps au souper. Pour l'instant, mes serviteurs vous mèneront à vos appartements, où vous pourrez vous reposer un peu.

* * *

Le souper fut servi dans le grand hall du château de Trioriz. Heureusement pour Fafaro et Nestorien — surtout Fafaro, qui en avait assez de «se déguiser en dame de cour» —, l'ambiance ne fut pas trop empesée. Sur une estrade, des musiciens jouaient des branles et des courantes, et la compagnie parlait fort pour couvrir la musique. Le roi Normand lui-même, ses joues rougies par le vin, s'esclaffait en proclamant bien haut qu'il avait du sang de marin dans les veines, et que les marins s'y entendaient en matière de danse, de vin et de jeunes femmes.

— Et puisqu'on parle de marins... reprit Normand après avoir avalé un morceau de gigot et bu une gorgée de vin. Lenoir! Bussard! Venez un peu ici, que je puisse vous présenter à mes invités.

Parmi les convives, deux hommes se levèrent et s'approchèrent de la table des deux rois, où ils s'inclinèrent avec déférence.

— Voici le capitaine Lenoir, de la *Brigaille*; ainsi que Bussard, capitaine de la *Vaillante*. Ce sont les officiers les plus braves de ma flotte, et leurs navires en sont deux des plus beaux fleurons.

— C'est trop d'honneur, répondit Lenoir, un homme sec au visage tanné comme du vieux cuir.

Bussard, plus court et plus brun, s'inclina également, le regard baissé en une expression modeste.

— La qualité de votre flotte est célébrée jusqu'à Contremont, dit aimablement Japier.

— Et comment! renchérit Normand. Lenoir et Bussard... Hé! Un peu moins fort, la musique! (Musique et conversations baissèrent

d'intensité.) Tudieu! On ne s'entendait plus...
Je disais que Lenoir et Bussard n'en sont pas à
leur première traversée de la mer Géante.

Nestorien et Fafaro dressèrent l'oreille, soudain intéressés. Même Diarmuid, assise à l'ex-
trémité de la table d'honneur, sembla montrer
de l'intérêt à la conversation.

— Et que trouve-t-on, au-delà de cette mer?
demanda Japier.

— Pas grand chose, Sire, répondit le capitaine Lenoir. La côte est austère, une dentelle
de falaises et de fjords, où se déversent de
nombreux fleuves tumultueux. L'arrière-pays
est constitué de collines couvertes d'une végé-
tation rabougrie.

— Des habitants?

— À l'exception des nombreux repaires de
pirates, tous plus sauvages les uns que les
autres, la côte semble inhabitée.

— Mon peuple y vit encore, intervint Diarmuid sur un ton catégorique. Je sens leur
appel.

Après un long silence stupéfait, ce fut Bussard qui répondit.

— Nous n'avons jamais exploré l'intérieur
des terres, Mademoiselle. Mon témoignage se
limite à ceci: à la suite d'une attaque d'un
navire pirate, qui avait eu tort de s'en prendre
à nous, nous avons capturé quelques-uns de
ces forbans. Parmi ceux-ci, plusieurs nous ont
affirmé avoir vu des sylvaneaux. Mais quel

crédit peut-on accorder à la parole de pareilles racailles?

— Quoi qu'il en soit, j'ai promis à Diarmuid que je la ramènerais à son peuple, dit Japier.

— Et moi, j'ai promis de te prêter mes deux plus beaux navires, ajouta Normand. En échange d'un droit de passage sur le Pibole pour m'approvisionner en bois pour mes chantiers maritimes.

— Je t'aurais accordé ce droit de toute façon. Je n'ai pas pour politique de rançonner les navires qui passent sur le fleuve.

— Bravo! Alors tout le monde est content! Alors? Quand est-ce que tes hommes, et cette mystérieuse créature, seront prêts à partir?

— Le plus tôt sera le mieux.

— Pas demain, quand même! Il faut vous laisser le temps de vous reposer un peu.

— Après-demain, alors?

— Mes marins seront prêts. N'est-ce pas, Bussard?

Les deux capitaines se regardèrent une fraction de seconde, comme s'ils hésitaient, mais Bussard inclina la tête avec dignité.

— Nous serons prêts au jour et à l'heure qui vous conviendront.

— Alors voilà qui est réglé! conclut Normand en soulevant sa coupe de vin. Maintenant buvons, mangeons et fêtons, tudieu, car un repas perdu ne se rattrape pas!

Avec des exclamations de joie, nobles et

courtisans soulevèrent leur coupe, réclamant du vin et de la bière. Les musiciens se lancèrent dans une tarentelle endiablée et la fête se poursuivit tard dans la nuit.

4

Melsi et Auré

Melsi avait dormi dans une petite chambre juste à côté de celle du roi Japier, en compagnie de dame Zirnon. Elle se réveilla très tôt, surexcitée à l'idée qu'aujourd'hui on visiterait les navires. Constatant que dame Zirnon ronflait toujours de plus belle, Melsi s'habilla elle-même, en faisant le plus de bruit possible, mais visiblement sa préceptrice avait le sommeil lourd. Melsi repoussa une longue mèche de cheveux blonds d'un geste impatient. Dame Zirnon voulait dormir, eh bien, qu'elle dorme!

La jeune princesse sortit de la chambre et marcha tranquillement le long d'un couloir au sol illuminé par les rayons obliques du soleil levant. Elle rencontra quelques serviteurs, qui la saluèrent courtoisement. Elle s'arrêta devant une fenêtre pour admirer le spectacle vertigineux des vagues qui venaient se briser contre le mur d'enceinte, éclaboussant les crabes qui se chauffaient au soleil. Dans son dos, une voix claire la fit soudain sursauter.

— Qu'est-ce que tu fais ici?

Melsi se retourna. Le prince Auré, les poings sur les hanches, la regardait d'un air désapprobateur. Il était vêtu d'une culotte bouffante, d'un pourpoint indigo lourdement brodé de fil d'or et d'un large chapeau de velours piqué d'une plume. Melsi se retint de rire : à Contremont, seul un saltimbanque se serait habillé de cette façon.

— Je visite le château, répondit-elle avec dignité. Et toi, que fais-tu?

Le visage rond du prince Auré s'étira de surprise. Visiblement, il ne s'attendait pas à cette question.

— Je suis chez moi, ici. Je n'ai pas à justifier mes déplacements.

Melsi faillit répondre sur le même ton, mais elle songea aux multiples admonestations de dame Zirnon.

— Où sert-on le déjeuner? demanda-t-elle plutôt. J'ai faim.

— On va me servir à déjeuner dans mes appartements, répondit Auré après une hésitation. Veux-tu m'accompagner?

Melsi accepta avec grâce. Allons donc, ce prince Auré n'était pas un si mauvais diable après tout!

Une demi-heure plus tard, le chambellan admit une dame Zirnon fort irritée dans les appartements du prince Auré, surprenant Melsi en pleine discussion, repue de fruits à la crème et de petits gâteaux.

— Melsi, vous êtes donc ici, soupira dame Zirnon, ses cheveux décoiffés et son surcot de travers. J'ai l'impression que toute mon existence est consacrée à vous chercher.

— Où vouliez-vous que je sois? demanda Melsi, sincèrement étonnée.

— Dans notre chambre, voyons!

— Je n'allais quand même pas me morfondre pendant des heures à vous regarder dormir!

Dame Zirnon serra les dents, avalant des paroles qu'elle aurait sûrement regrettées.

— Soit, dit-elle finalement d'une voix sans timbre. Faites à votre tête, Altesse. Un jour vous irez trop loin, toute princesse que vous soyez, et vous pleurerez des larmes amères. Pour l'instant, je dirai au roi, qui vous attend depuis tout à l'heure, que vous avez déjà déjeuné. Puis-je espérer vous retrouver ici lorsqu'il sera temps de visiter les navires?

— Bien sûr, dit Auré. Je serai également de la visite.

Dame Zirnon ajusta son hennin et quitta les appartements sans même saluer, une entorse évidente au protocole. Le prince Auré lança un regard compréhensif à Melsi.

— C'est ta préceptrice?

Melsi hocha la tête.

— Oui. Mais ne la juge pas trop sévèrement. Je crains que le voyage ne l'ait fatiguée.

— Mon précepteur est un peu comme ça. C'est un homme qui manque tout à fait d'humour.

— Mais pour qui nous prend-on? s'offusqua Melsi. J'ai dix ans, presque onze! Je ne suis plus une enfant!

Le prince Auré poussa un long soupir: c'était ce qu'il s'évertuait à expliquer à ses parents. Ah! La vie de prince était parfois bien difficile...

* * *

Tous les invités venus de Contremont furent conviés par le roi Normand à une visite du port de Trioriz, ce qu'ils acceptèrent avec empressement. C'était la fin de la matinée, un soleil clair brillait dans un ciel sans nuages, une légère brise soufflait un parfum de sel et de varech.

Après une brève tournée des installations portuaires, les visiteurs furent guidés jusqu'au bout du quai, où la *Brigaille* et la *Vaillante* étaient amarrées. Deux navires magnifiques! s'exclamèrent Japier et sa suite. De riches moulures dorées décoraient leur coque noire, ainsi que leur château arrière, qui s'élevait très haut. Un seul élément permettait de distinguer les deux navires: la figure de proue de la *Brigaille* était une tête de serpent de mer, tout en crocs luisants, tandis que la proue de la *Vaillante* s'ornait d'une tête de loup, le museau dressé comme pour sentir le vent.

On proposa à Melsi d'être la première à monter à bord de la *Brigaille*, ce qu'elle accepta avec un cri de joie. Rutilant dans son habit de cérémonie, le capitaine Lenoir les accueillit sur le pont, accompagné de Malicorne, le second. Japier et sa suite visitèrent le navire, admirant la propreté du pont et le luxe des aménagements. Le roi Normand rayonnait de fierté. Il expliqua que Diarmuid et son escorte voyageraient à bord de la *Brigaille*. La *Vaillante*, aménagée avec un peu moins de luxe, transporterait le lieutenant Vernon et ses soldats.

— Pourquoi deux navires? demanda Nestorien. Nous ne sommes pas très nombreux.

— Pour plus de sécurité, expliqua le capitaine Lenoir sur un ton sentencieux. La mer est toujours dangereuse. L'été est la saison des orages, il faut prendre nos précautions.

— Quelle idée d'effrayer tes passagers! protesta le roi Normand. La *Brigaille* est le meilleur navire de la mer Géante, et son équipage est le plus courageux, voilà la vérité!

Normand avait parlé haut et fort. Comme pour lui répondre, des aboiements sourds provinrent de la poupe, suivis d'un bruit de course. Un chien à longs poils noirs et argentés apparut au bout du pont, à peu près de la taille d'un jeune loup. Il s'arrêta sur place, surpris par toute cette compagnie, puis s'approcha plus lentement, la tête baissée, son regard brun luisant de désapprobation.

— Quel beau chien! s'exclama Melsi avec ravissement.

Elle s'avança pour le caresser, mais l'animal recula en grondant et aboyant de plus belle, fixant Melsi d'un regard furibond. Malicorne, le second, s'interposa aussitôt.

— Prenez garde, votre Altesse. Ce n'est pas un chien, c'est un kchün. C'est lui qui décide si on le caresse.

— Un quoi?

— Un kchün. Il ressemble à un chien, mais c'est un animal très rare que l'on ne retrouve que sur les navires de la mer Géante.

— Pourquoi est-il si grognon? demanda Melsi, plus vexée qu'effrayée par le comportement de l'animal.

— Tous les kchüns sont grognons, expliqua Malicorne en souriant. Mais on dit qu'ils portent chance au navire qui les transporte.

— Il va faire le voyage avec vous?

— Eh oui. C'est un chien de marins. Il ne quitte jamais la *Brigaille*.

Melsi se tourna vers Nestorien.

— Oh! J'aurais tellement aimé faire la traversée moi aussi!

Nestorien lui prit la main.

— Mais vous avez vos furets, Paillette et Charbon, qui vous attendent à Contremont.

Melsi soupira. Justement, ses furets étaient bien loin maintenant, et elle n'avait aucun animal avec lequel s'amuser pendant ce temps.

Mais Japier et Normand poursuivirent leur visite, et toute la compagnie eut d'autres choses à faire que de s'occuper des jérémiades de Melsi, qui fut fort vexée de ce manque d'attention.

* * *

Il fut décidé que les deux navires lèveraient l'ancre le lendemain à l'aube, et le soir même le roi Normand convia ses invités à un banquet de départ.

Nestorien, fin prêt pour le banquet, alla rejoindre Fafaro à sa chambre. Il la trouva allongée sur le lit, court vêtue, ses pieds nus soulevés par une pile d'oreillers. Comment? Elle n'était pas encore habillée?

— J'en ai assez de tous ces banquets, répondit Fafaro sur un ton fatigué. Vas-y tout seul. Eh puis, les oreilles me sifflent encore du rire idiot du roi Normand, un peu de repos leur fera du bien.

Nestorien soupira, un peu exaspéré.

— Décidément, Fafaro... C'est de notre hôte dont tu parles ainsi. J'espère que lorsque tu seras ma femme, tu feras un peu plus attention à ce que tu dis.

Fafaro s'assit sur le bord du lit, les yeux réduits à deux minces fentes au fond desquelles brillait une lueur assassine.

— Qu'est-ce que tu as dit? Quand je serai *ta* femme?

— Euh... Enfin, ce que je voulais dire...

— Quand je serai la *fââââmme* du Grand Conseiller Nestorien, je devrai faire attention à ce que je dirai, même quand je serai seule en son auguste présence, c'est ça? Il ne suffira plus que je porte des robes fleuries, que je suive des cours de danse et que je me parfume. Non, il faudra sans doute aussi que je discute chiffon avec les dames de la cour? Que je glousse niaisement quand un petit noble me fera un compliment?

Des larmes coulèrent sur ses joues. Nestorien s'approcha: il se sentait terriblement stupide et égoïste. Il lui entoura les épaules.

— Ne pleure pas, Fafaro. Je suis désolé d'avoir dit ça.

— Tu as honte de moi, c'est ça?

— Non!

— Il n'est pas trop tard pour changer d'idée, reprit Fafaro, les larmes coulant de plus belle. Pour le mariage...

— Arrête. Je n'ai *pas* honte de toi!

— Tu vois pourtant que je ne suis pas faite pour la vie de cour. Les robes et les bijoux m'indiffèrent, je n'aime pas avoir une habilleuse sur le dos, je n'aime pas être obligée de surveiller tout ce que je dis. Et tous ces cancans, et tous ces commérages! Tu sais ce qu'elles disent de moi, les dames de cour de Contremont? Que je vais te marier pour le privilège de rester au château! Et tu sais ce qu'elles disent de *toi*? Que tu n'es qu'un paysan, que ta présence au conseil du roi Japier est ridicule.

— Et encore, soupira Nestorien, ce n'est rien comparé aux sarcasmes des autres conseillers.

— Je ne sais pas comment tu fais pour supporter ça.

— Ce sont des jaloux. Il faut les ignorer.

— Je croyais que je le pourrais, mais tout ce que j'ai envie de faire, quand je les vois ricaner en douce, c'est d'écraser leur figure poudrée d'un coup de poing!

Nestorien ne put s'empêcher de rire, imaginant le grotesque de la scène.

— Je crois que ça serait mal vu.

— Tu vois? murmura-t-elle en posant la tête sur l'épaule de Nestorien. Nous sommes si différents. J'ai parfois l'impression que c'était une erreur de nous fiancer.

— Ne dis plus jamais ça, protesta Nestorien en serrant Fafaro très fort. Je t'aime.

— Moi aussi, soupira Fafaro. C'est pour ça que je me déteste quand je fais la capricieuse.

— C'est moi qui suis désolé. Je ne veux pas

que tu changes, je veux que tu restes ma fière et bouillante Fafaro. Et s'il te faut casser le nez à un visage poudré de temps en temps, eh bien, qu'il en soit ainsi!

— J'essaierai de me contrôler, dit-elle, souriant à travers ses larmes.

— Et ne dis plus de sottises. Nous sommes ensemble maintenant. Rien ne pourra nous séparer.

Ils s'embrassèrent tendrement, puis Fafaro se leva d'un bond en faisant signe à Nestorien de sortir. Mais elle se ravisa aussitôt:

— Aide-moi plutôt à choisir une robe! Et trouve mes souliers rouges! Qu'est-ce que tu as à rester là comme un ahuri? Si tu ne m'aides pas, nous allons être en retard au banquet!

* * *

Le banquet fut encore plus joyeux que celui de la veille. Fafaro, en particulier, étonna et amusa la compagnie par ses réparties spirituelles. Le roi Normand en personne s'exclama que la réputation des Musaphes était bien méritée. Même Diarmuid répondait d'un sourire aux compliments qu'on lui faisait. On eut dit que le vent de la mer avait soufflé la brume de tristesse qui flottait dans son regard clair.

La seule qui n'avait pas tout à fait le cœur à la fête, c'était Melsi. Assise à la table des enfants, un peu en retrait, elle mangeait sans appétit, écoutant avec morosité le babillage de la petite princesse Mistingue, qui semblait l'avoir prise en affection. Le prince Auré revint des cuisines, son visage rond fendu d'un large sourire. Il lui fit un clin d'œil entendu : sous son pourpoint il fit apparaître le goulot d'une longue bouteille de verre.

— J'ai réussi à la rafler à l'insu du sommelier.

— Du vin blanc?

— Shhh! Moins fort! murmura Auré, en posant la bouteille sur le sol à ses pieds.

— Je n'aime pas beaucoup le vin, chuchota Melsi, amusée malgré tout par la frasque du prince Auré.

— Goûte à celui-ci, et tu verras.

Tant bien que mal, Auré emplit deux coupes et en tendit une à Melsi. Elle renifla, sceptique. Un parfum de fruits se superposait à l'odeur un peu désagréable de l'alcool. Elle goûta : c'était très doux et parfumé. En fait, c'était délicieux! Auré lui sourit avec satisfaction : c'était un vin de dessert aromatisé, une des spécialités de Trioriz.

— Mais je ne dois pas trop en boire, dit Melsi. Je ne suis pas habituée.

— Allons! Comme dit mon père, le vin chasse la tristesse.

— Alors, c'est vrai que ce soir j'en ai bien besoin, répondit Melsi en vidant sa coupe.

Auré lui versa une seconde coupe, puis ils

continuèrent de boire en cachette, riant de plus en plus à mesure que la bouteille se vidait. À vrai dire, mille idées coquines se mirent à tourner dans l'esprit de Melsi, et elle fit part de la plus coquine de toutes au prince Auré, qui approuva avec enthousiasme.

Tout ce qui se passa ensuite cette nuit-là garda pour Melsi les contours du rêve. Elle se souvint d'avoir couru jusqu'à sa chambre en compagnie du prince Auré, où elle avait roulé des vêtements sous les couvertures de son lit afin d'imiter une silhouette endormie. Ensuite, elle avait suivi Auré hors de l'enceinte du château, et couru le long du quai désert, admirant les crêtes des vagues illuminées par la lune. Les mâts de la *Brigaille* se dressèrent parmi les étoiles. Pendant qu'Auré attirait l'attention du garde posté devant l'embarcadère, Melsi fila en silence jusque sur le pont, puis vers les cabines. Soudain elle s'arrêta : devant elle, une forme grise grondait et deux yeux reflétaient la lumière lunaire. Trop ivre pour ressentir de la peur, Melsi s'avança, murmurant : «Gentil kchün. Tu me reconnais?» Mais l'animal continuait de gronder, les crocs sortis. Nul n'aurait pu prédire ce qui serait arrivé si Auré ne s'était pas soudain interposé devant Melsi. Le kchün reconnut le prince, et les laissa passer avec un *wouf* dédaigneux qui semblait signifier : «C'est bon pour cette fois».

Melsi suivit Auré dans les cales, où le noir

était absolu. Elle suivit les indications d'Auré, à la fois ravie et terrifiée, puis Auré lui dit de s'asseoir, expliquant qu'elle se trouvait dans la réserve de cordages. Melsi s'installa sur une masse inégale et rugueuse qui sentait l'eau de mer. Auré chuchota qu'il ne révélerait la vérité au roi Japier que lorsque les navires auraient quitté le port. À la mention de son père, l'excitation de Melsi diminua. Elle se demanda si cette escapade n'était pas un peu irréfléchie. Mais quelque chose de tiède effleura ses lèvres : elle recula, surprise.

— Qu'est-ce que c'était?

— C'est moi, dit Auré après une légère hésitation. Je t'ai embrassée.

— Quelle idée! Ne fais plus ça!

— Je voulais simplement te souhaiter bonne chance.

Avant que Melsi ait eu le temps de trouver à répondre, elle sentit qu'Auré refermait une porte, et qu'il s'éloignait ensuite. Si elle n'avait pas bu de vin, elle aurait peut-être eu peur, seule dans ce noir absolu. Mais une terrible envie de dormir lui embrouillait l'esprit. Elle s'allongea donc sur les cordages et, malgré cette couche plutôt inconfortable, s'endormit aussitôt.

5

Sur les flots de la mer Géante

Ce fut une nuit inconfortable pour Melsi.
Tout d'abord, il y avait eu des cris et du bruit,
qui heureusement avaient cessé depuis. Maintenant, quelque chose de dur lui appuyait douloureusement au milieu du dos. Elle entrouvrit
un œil: c'était encore la nuit. Elle referma les
yeux, lorsque soudain une nausée lui souleva
le cœur. Non seulement avait-elle terriblement
mal à la tête, mais elle avait l'impression que
son lit bougeait. Qui donc pouvait bien s'amuser à soulever le coin de son lit? Le prince
Auré?

En pensant au prince, ses souvenirs affluè-
rent soudain et elle se réveilla d'un coup. Elle
s'assit sur les cordages, tournant la tête en
tous sens, ébahie de constater qu'elle n'était
pas dans la chambre du château de Trioriz, en
compagnie de dame Zirnon. Elle se trouvait à
l'intérieur d'une sorte de placard de bois, avec
pour seul éclairage une pâle lumière qui se

diffusait entre les planches du plafond. Aïe, aïe, aïe, ça n'avait donc pas été un rêve!

Dans un coin sombre de la cage de bois, Melsi crut voir un mouvement furtif. Une souris glissa entre deux cordages et la regarda de ses petits yeux noirs. Normalement, Melsi n'aurait pas eu peur d'une souris, mais là c'était trop. Elle poussa un cri suraigu, ramenant ses jupes entre ses jambes. Elle se jeta ensuite contre la porte, mais celle-ci était verrouillée. Elle se mit à frapper et à hurler:

— *Au secours!*

Tout un tintamarre se fit entendre en réponse aux appels de Melsi. Le kchün aboyait, des gens s'interpellaient, la structure du bateau résonnait sous des pas lourds. Les aboiements s'approchèrent de l'autre côté de la porte, et Melsi sentit un animal gratter furieusement. Des pas s'approchèrent à leur tour et la porte s'ouvrit, révélant deux marins médusés et un kchün furieux. Aussitôt la porte ouverte, la souris fila, terrorisée par tout ce grabuge. Le kchün l'aperçut et s'élança à sa poursuite, bousculant les deux marins et aboyant de plus belle. De justesse, la souris se faufila sous une porte. Le kchün freina, mais ses pattes glissèrent sur le plancher de bois et il percuta la porte de tout son poids. Il reprit ses esprits aussitôt et continua de grogner et de gratter, le museau collé sous la porte.

Pendant ce temps, les deux marins avaient

aidé Melsi à sortir de sa cachette et lui firent signe de les suivre le long d'un étroit couloir au plafond bas. Un escalier abrupt apparut, montant vers une ouverture d'où se déversait le soleil. Une question sévère parvint d'en haut:

— Alors? Que se passe-t-il donc?

— Nous avons trouvé deux souris, répondit un des marins en faisant un clin d'œil à Melsi. Mais nous n'en avons attrapé qu'une, l'autre s'est échappée.

Galamment, le marin tendit la main à Melsi et l'aida à monter l'étroit escalier. Elle émergea sur le pont de la *Brigaille*, se sentant toute petite sous les regards ahuris du capitaine Lenoir, de Malicorne, de Fafaro et d'une demi-douzaine de marins. Nestorien accourut, bousculant presque le capitaine dans sa précipitation. Il posa des mains tremblantes sur les épaules de Melsi, comme s'il voulait s'assurer qu'elle était bien réelle, qu'il n'était pas victime d'une illusion.

— Mel... Altesse! Mais qu'est-ce que vous faites là?

Melsi n'avait pas envie de répondre à des questions pour l'instant. Elle avait mal à la tête, le soleil l'aveuglait, elle avait l'impression de manquer d'air avec tous ces gens qui la pressaient de toute part. Fafaro se rendit compte de son trouble et fit signe aux marins de s'écarter.

— Elle a raison, tonna Malicorne en direction de ses hommes d'équipage. À vos postes, vous tous! Ça ne vous regarde pas.

Melsi, le cœur au bord des lèvres, s'approcha du bastingage. Le vent frais lui fit un peu de bien. Elle plissa les yeux, fixant l'horizon éblouissant de la mer. Elle regarda à gauche, puis à droite. Prise d'un horrible soupçon, elle traversa le pont jusqu'à l'autre bastingage. Un autre navire était visible, à quelques encablures à peine, ses voiles blanches sous le soleil. Mais au delà, aussi loin que portait le regard, il n'y avait que la mer, et le ciel, et quelques nuages cotonneux.

— Où sont le port et Trioriz? finit par demander Melsi d'une voix étranglée.

— Où nous les avons laissés, votre Altesse: sur la côte, répondit le capitaine Lenoir sur le ton de l'évidence. Nous avons appareillé à l'aube, comme prévu. Nous naviguons depuis plus de six heures, par bon vent. Trioriz a disparu depuis belle lurette.

* * *

Un réunion d'urgence fut immédiatement convoquée dans la salle des cartes de la *Brigaille*. Il y avait le capitaine Lenoir et Malicorne, Fafaro et Nestorien, Melsi, ainsi que Diarmuid. Il était peu probable que la sylvanelle se mêle de la conversation; Nestorien sollicita tout de même sa présence. Après tout, cette expédition avait été organisée pour son bénéfice.

Tout d'abord, ils écoutèrent Melsi qui leur expliqua piteusement ce qui s'était passé.

— La situation est claire, conclut Nestorien lorsque la princesse eut terminé. Son Altesse ne peut pas rester avec nous. Nous devons la ramener à Trioriz au plus tôt.

— Maître Nestorien, un voilier n'est pas un char à bœufs, expliqua Lenoir avec un soupçon de condescendance. Il ne suffit pas de tourner et de repartir. Nous naviguons depuis ce matin avec un bon vent arrière. Rebrousser chemin signifie que nous devrons naviguer en louvoyant contre le vent, ce qui sera beaucoup plus lent. Il est très possible que cela nous demande trois jours pour défaire ce que nous avons parcouru aujourd'hui en six heures.

— Trois jours! répéta Melsi.

— Ou plus, renchérit Lenoir, car le vent annonce une mer rude. Tous les éléments étaient propices à une traversée rapide; il serait déplorable d'être obligé de rebrousser chemin.

— Nous pourrions virer sud-est jusqu'à Poinson, proposa Malicorne. Avec ce vent, nous y serions tôt dans la soirée. Nous pourrions y faire descendre la princesse, accompagnée de quelques-uns de vos soldats. Il y a une piste entre Poinson et Trioriz, ça ne leur prendrait que deux jours de chevauchée.

Nestorien hocha la tête, l'indécision lui serrant l'estomac.

— La princesse Melsi est sous ma responsabilité. Que dira le roi Japier quand il apprendra que j'ai abandonné son unique enfant dans une ville inconnue, même sous la protection de quelques soldats? À moins de la confier au lieutenant Vernon et toute sa troupe? Mais dans ce cas, qui nous protégera, Diarmuid, Fafaro et moi, une fois que nous aurons débarqué sur les terres du nord?

Au grand soulagement de Nestorien, Lenoir écarta également la proposition de Malicorne. Lui aussi aurait à répondre à son roi si jamais il arrivait malheur à Melsi.

— Nous n'avons donc pas le choix, conclut le capitaine de la *Brigaille*, grimaçant comme s'il avait avalé quelque potion amère. Nous retournons à Trioriz.

Lenoir donna ses ordres, que Malicorne fut chargé de transmettre à l'équipage. On largua les voiles, pour permettre à la *Vaillante* de les rattraper. Avec habileté, l'équipage de la *Vaillante* approcha leur navire à portée de voix. Pendant que l'on naviguait de concert, on expliqua à grands cris la situation à Vernon et au capitaine Bussard. À en juger par leur mine stupéfaite, ils en auraient eu long à dire sur ce changement au programme. La situation n'était cependant pas idéale pour se lancer dans de longues conversations: ils se contentèrent de crier: «Compris!» Les capitaines donnèrent des ordres, les deux navires s'éloignèrent, puis virèrent de bord presque en même temps.

La vie à bord de la *Brigaille* devint très différente maintenant que le navire serrait le vent. Les mâts grinçaient, le vent sifflait dans les cordages, les éclaboussures des vagues fendues par l'étrave mouillaient le pont. Le navire prenait de la bande, il fallait maintenant avoir le pied marin pour se déplacer sur le plancher incliné. D'ailleurs, était-ce seulement par effet de contraste, ou la brise était-elle encore plus vive que tout à l'heure?

Réfugiée avec Fafaro dans le luxueux salon, Melsi pleurait à chaudes larmes dans les bras de Diarmuid, autant à cause du mal de mer que de honte face aux ennuis qu'elle venait de causer. Fafaro les observait en silence, soulagée que Melsi ait choisi la sylvanelle pour chercher consolation. Elle avait souvent trouvé les caprices de la princesse difficiles à supporter: cette fois-ci, Melsi avait vraiment dépassé les bornes! De plus, Fafaro commençait elle aussi à avoir le mal de mer, ce qui n'améliorait pas son humeur.

— Voilà ce qui arrive quand on agit sans réfléchir, ne put-elle s'empêcher de dire sur un ton de reproche. Il est trop tard pour pleurer.

— Ce n'était pas ma faute, répondit Melsi en

reniflant. C'est le prince Auré qui m'a fait boire.

— C'est votre faute si vous avez bu. Vous savez bien qu'une enfant ne doit pas trop boire de vin. N'essayez pas de mettre la faute sur quelqu'un d'autre.

Melsi pleura de plus belle.

— Tu es dure, Fafaro. Aussi dure que dame Zirnon.

Fafaro poussa un long soupir. Elle se leva du banc de velours et s'approcha de la princesse, en faisant attention de ne pas glisser sur le plancher de bois verni.

— Cessez de pleurer, Melsi. De toute façon, on n'y peut rien. De retour à Trioriz, nous vous débarquerons, nous nous reposerons un peu et nous repartirons. Nous n'aurons perdu qu'une petite semaine, c'est tout.

— Fafaro a raison, ajouta Diarmuid en lui caressant les cheveux. Je demanderai à Japier qu'il ne vous dispute pas.

Au contraire, une bonne fessée lui ferait du bien! songea Fafaro, sans oser le dire à voix haute. Nestorien entra dans le salon, les cheveux constellés de gouttes d'eau de mer. Il s'approcha de ses trois compagnes, la main appuyée contre le mur, un sourire inquiet sur le visage.

— C'est pas la fête, ici...

— Je commence à comprendre pourquoi Matolch déteste les bateaux, dit Fafaro.

— Tu as le mal de mer, ma jolie?

— Plutôt, oui. Diarmuid n'est pas affectée : je ne peux pas dire que ça me surprend. C'est Melsi la plus atteinte, je suppose que sa cuite au vin sucré ne doit pas aider.

— Plus jamais je ne boirai de vin, gémit Melsi en se tenant la tête entre les mains. Plus jamais...

Nestorien eut un triste sourire, puis alla s'asseoir sur le banc. Fafaro vint s'asseoir près de lui et posa sa tête sur son épaule. Nestorien faillit lui dire : «C'est toi qui as insisté pour venir», mais il se retint juste à temps. Cette pauvre Fafaro était bien assez malheureuse sans qu'il soit nécessaire de la narguer.»

Un silence tendu se fit dans la cabine, silence bien relatif avec les craquements de la structure, le sifflement du vent dans les gréements et l'impact mouillé des vagues contre la coque. *Trois jours*, songea Nestorien en poussant un long soupir.

* * *

Quelques heures passèrent. Melsi et Fafaro s'étaient plus ou moins endormies. Nestorien et Diarmuid décidèrent d'aller prendre un peu d'air : ils en avaient assez de se faire bousculer entre quatre murs. Dès que Diarmuid mit le pied sur le pont, sa robe rabattue par le vent faillit la faire trébucher, mais elle se rattrapa avec l'aisance quasi surnaturelle qui lui était habituelle. Un marin juché de façon périlleuse sur un gréement les aperçut: avec un large sourire, il leur fit signe de bien se tenir.

Effectivement, le vent soufflait par violentes bourrasques. Le ciel avait pris une teinte gris-bleu, comme si on avait recouvert la mer Géante d'un dôme métallique. Le soleil brillait toujours, mais d'un éclat dur, illuminant la crête de profondes vagues noires. Les marins étaient en train de diminuer la voile, ce qui n'empêchait ni la *Brigaille* ni la *Vaillante* de garder avec obstination leur cap, contre le vent et les vagues.

Avançant avec précaution sur le pont, Nestorien et Diarmuid rencontrèrent le capitaine Lenoir, trempé jusqu'aux os, qui scrutait l'horizon avec intensité.

— Vous devriez rester dans vos cabines, dit Lenoir sans même les regarder. La tempête ne fait que commencer.

Il tendit la main droit devant lui. L'horizon était bouché par un mur de nuages, gris et bas. Nestorien frissonna.

— Serons-nous en danger?

— La mer est toujours dangereuse, Maître Nestorien. Si ça peut vous rassurer, la *Brigaille* n'en est pas à sa première tempête.

— J'avais entendu dire que vous, les marins, saviez prévoir le temps, dit Nestorien en prenant garde de ne pas utiliser un ton accusateur.

Lenoir le regarda, un éclair vif au fond des yeux.

— Nul ne peut prévoir le temps avec certitude. Cependant, tous les marins savent que le début de l'été est la saison des tempêtes. Nous avions recommandé, Bussard et moi, de retarder cette expédition de quelques semaines, pour éviter ce genre d'intempérie. Mais notre roi Normand n'a pas jugé bon de vous faire part de cette opinion.

— Je vois...

Toujours suivi de Diarmuid, Nestorien retourna au salon : il n'y avait rien à faire sur le pont, sinon se faire mouiller.

6

La tempête

Personne ne dormit cette nuit-là. L'univers n'était que noirceur, bruit, fureur. La *Brigaille*, avec une obstination téméraire, continuait de lutter contre le vent, ses étroites voiles tempête tendues à la limite du déchirement. Finalement, le capitaine Lenoir dut déclarer forfait. Dans la nuit déchaînée, les marins rompus de fatigue carguèrent les dernières voiles et coururent se réfugier dans les cales, abandonnant la *Brigaille* à la furie des éléments.

Dans le salon, la petite lampe à huile dansait follement au bout de sa chaînette, illuminant d'ombres sautillantes les visages tirés de Nestorien, Fafaro et Melsi, et celui de Diarmuid, d'une sérénité presque comique dans les circonstances. Elle caressait le kchün qui était venu se réfugier dans le salon. Aucun des quatre compagnons ne semblait vouloir aller se coucher dans sa cabine. S'ils devaient veiller, ne valait-il pas mieux veiller ensemble? Personne ne parlait. Ils écoutaient les hurlements du vent, les gémissements de la charpente soumise à la torture, les coups de boutoir des vagues. La *Brigaille* penchait d'un côté et de l'autre, comme une bête blessée incapable de trouver le repos. Parfois on sentait que le navire se soulevait comme s'il allait s'envoler. Ensuite il tombait comme dans un puits sans fond. Nestorien aussi avait le mal de mer, maintenant; tandis que Fafaro et Melsi semblaient avoir dépassé le stade de l'agonie. Même le kchün était affecté: il grinçait des dents, les oreilles baissées, le regard larmoyant. À chaque rafale, Nestorien se disait que la tempête ne pouvait certainement pas empirer. Immanquablement, la rafale suivante se chargeait de lui prouver qu'il avait eu tort.

Incongrûment, le cuisinier vint frapper à la porte du salon au beau milieu de la nuit pour leur offrir un souper froid. Fafaro eut un hoquet de dégoût en contemplant les tranches de jambon, les crudités et les gâteaux secs.

— Hors de ma vue! Vous ne voyez pas que je me retiens de vomir?

— Vous vous sentirez mieux si vous mangez un morceau, conseilla le cuisinier.

— Vous arrivez à faire à manger à travers ce charivari? s'étonna Nestorien.

Le cuisinier haussa des épaules blasées.

— Certaines tempêtes durent plus de cinq jours. Il faut bien que la vie continue à bord.

Il fixa le plateau sur la table de salon. Les quatre compagnons réussirent à manger un peu, surveillés par le kchün qui avait soudain repris de la vigueur, à l'affût de la moindre miette qui serait tombée au plancher.

Au bout d'une nuit interminable, une lumière grise, fantomatique, se déversa des hublots. Fafaro et Melsi s'étaient endormies tout habillées, blotties l'une contre l'autre au creux d'un sofa, le kchün roulé en boule à leurs pieds. Diarmuid ne disait mot, impassible. Nestorien, incapable de dire s'il avait dormi ou non, se leva pour se dégourdir les jambes. Il se colla le nez à un hublot. La tempête n'avait pas diminué d'intensité, au contraire. À travers une épaisse pluie qui brouillait la vue, on avait l'impression que l'horizon marin s'était approché à portée de la main. De toutes les directions, les vagues accouraient comme des bêtes enragées, prêtes à terrasser la *Brigaille*. Quant à la *Vaillante*, on ne la voyait évidemment plus.

Nestorien se déplaça vers le hublot de la porte, prenant garde de ne pas glisser sur le plancher, mouillé à cet endroit. Un ballet démentiel s'offrit à son regard. Quelques marins essayaient de replier une voile déroulée de ses cordages qui s'était entortillée entre les mâts. Régulièrement, pont, voile et marins disparaissaient sous la crête grise d'une vague. Le cœur de Nestorien voulait lui sortir de la poitrine.

Or, à chaque fois que le pont surgissait des flots, les marins étaient miraculeusement encore là, et se remettaient au travail. *De la pure folie*, songea Nestorien, incapable de détourner le regard. Finalement, à son intense soulagement, Malicorne apparut sur le pont, ordonnant à ses hommes de réintégrer la cale. Le second officier courut ensuite jusqu'à la porte du salon, que Nestorien lui ouvrit.

Malicorne reprit son souffle pendant quelques secondes.

— Ça va ici? demanda-t-il à voix basse.

Nestorien réussit à sourire.

— Le pire, c'est le mal de mer.

— Venez avec nous au milieu de la cale. Ça bouge moins.

Nestorien jeta un coup d'œil sur Fafaro et Melsi, qui se s'étaient pas réveillées. Malgré la situation, il ne put s'empêcher de sourire avec attendrissement: on aurait cru deux anges dans un nid de soie et de froufrous.

Un sourire apparut dans la barbe détrempée de Malicorne.

— Laissons dormir ces bienheureuses. Ne vous inquiétez pas, je viendrai jeter un coup d'œil de temps à autre.

Profitant d'un intervalle entre deux vagues qui balayaient le pont, Nestorien et Diarmuid suivirent Malicorne dans les cales. Marchant le long d'un étroit couloir plongé dans la pénombre, ils débouchèrent dans la salle commune. Les marins firent une place d'honneur à leurs passagers de marque, rivalisant de compliments pour Diarmuid, et asticotant sans malice le pauvre Nestorien. Une tempête, ça? Allons donc! Ce n'était qu'un petit vent du sud! Un déluge? À Contremont, peut-être. Sur la mer Géante, ce n'était qu'une ondée, un crachin!

Mais la violence de la tempête ne diminuait pas, et les plaisanteries se tarirent. Sur des lits étagés, quelques marins étaient couchés, yeux ouverts et bottes au pied, une main serrée sur le bord de leur couchette. D'autres fumaient nerveusement, assis sur le coin d'une banquette, les jambes écartées, les pieds solidement rivés au plancher.

Nestorien s'adossa contre la paroi, entre deux solives, de façon à faire corps avec le navire, le meilleur moyen de ne plus se faire bousculer de tous côtés. Il se perdit dans des pensées moroses: pendant ce temps, ils n'avançaient même pas vers Trioriz. C'était la première expédition mise sous sa responsabilité, et quelle catastrophe! Qu'allait dire le roi Japier? Nestorien essayait bien de se convaincre qu'on ne pouvait le rendre responsable ni de la tempête, ni de la présence de Melsi à bord. Mais la culpabilité ne le quittait pas. Et Fafaro... Pourquoi avait-il donc cédé à sa demande? Si jamais il arrivait malheur à sa fiancée, comment pourrait-il se le pardonner? Il songea ensuite à son ami Vernon, à bord de la *Vaillante*. Comment les deux navires allaient-ils réussir à se retrouver après pareille tempête?

Une sensation de chute encore plus prolongée que les autres le fit émerger de ses pensées. Les marins s'étaient tus, les yeux levés au plafond, attentifs. À la grande surprise de Nestorien, Diarmuid l'enlaça, le visage appuyé contre sa poitrine.

Il n'eut pas le temps de demander: «Que se passe-t-il?» Dehors, un grondement de fin du monde sembla tomber du ciel. Le navire remonta d'un coup, comme il n'avait jamais remonté jusqu'alors. Puis il pencha, pencha...

— Et c'est parti! murmura un marin d'une voix rauque.

— Accrochez-vous! cria un autre.

Avec l'énergie du désespoir, Nestorien s'agrippa aux solives. Le navire bascula complètement. Les lampes s'éteignirent. Dans la noirceur, un tintamarre épouvantable se fit entendre, mélange de chocs sourds, de tintements métalliques et de jurons. Nestorien et Diarmuid furent bombardés de bouteilles, de bottes et de mille autres objets. Pendant une fraction de seconde, Nestorien eut la sensation oppressante que la *Brigaille* reposait de toute sa masse *au-dessus* de lui. Puis le navire compléta sa rotation et, après un immense bruit d'arrachement, se redressa à peu près à l'endroit.

Les minutes qui suivirent furent les plus chaotiques jamais vécues par Nestorien. Dans une obscurité totale, les marins hurlaient des ordres, juraient, criaient de douleur. Il réussit à soulever Diarmuid, qui avait basculé par-dessus lui, demandant d'une voix rauque si ça allait.

— Ça va, répondit une voix de cristal tout près de son oreille. Je ne me suis pas fait mal.

Une chandelle fut allumée, ramenant un minimum de normalité dans ce monde en pleine désorganisation. Éberlué, Nestorien regarda les marins qui s'activaient en tous sens. Malicorne apparut, le visage hagard, un filet de sang lui coulant du nez.

— Que les blessés graves s'identifient et restent sur leur couchette! aboya-t-il. Tous les autres au travail! Vous m'inspectez ce navire de la quille à la haute vergue, bon sang de bois! Je veux un rapport complet dans cinq minutes!

Il s'approcha de Nestorien et Diarmuid.

— Vous n'êtes pas blessés?

Nestorien hocha vivement la tête.

— Et Fafaro? Et la princesse?

— Je ne sais pas, dit Malicorne. Suivez-moi.

Nestorien ne se le fit pas dire deux fois. Le cœur dans la gorge, il trébucha dans la pénombre à travers un bric-à-brac de conserves, de barriques renversées, de bouteilles de vin, de cordages, de boîtes, de vêtements, d'instruments de marine, le tout baignant dans l'eau de mer jusqu'à mi-mollet. Fou d'inquiétude, il dépassa Malicorne pour être le premier à monter l'escalier raide menant sur le pont.

Nestorien figea au milieu de l'escalier, le torse à moitié sorti de l'écoutille, le visage fouetté par un vent chargé d'eau salée. Les dégâts étaient considérables. Vers la proue, le pont disparaissait sous une masse informe de gréements et de voiles déchirés. Le mât avant, rompu à la base, avait écrasé une partie du bastingage et pendait misérablement à travers les vagues.

Vers la poupe... En fait, Nestorien ne comprit même pas ce qu'il voyait. Il ne voyait que le pont, martelé par la pluie, ainsi que quelques planches de bois dressées comme des chicots. Le château arrière en son entier, incluant le salon et les cabines des passagers, avait été arraché par la mer en furie !

7

Un réveil brutal

Fafaro s'était réveillée dès qu'elle avait senti le navire basculer. Se croyant la victime d'un mauvais cauchemar, elle sentit qu'elle basculait *par-dessus* le dossier du sofa. Elle frappa une surface dure et inclinée, puis tout le reste fut très confus. Melsi cria, le kchün aboya, l'eau jaillit par les hublots éclatés. Un grondement de fin du monde envahit le salon, puis Fafaro sentit comme un grand déchirement.

Quand la pièce cessa de tourner, Fafaro se remit debout tant bien que mal, pataugeant dans l'eau jusqu'à mi-cuisse, essayant de comprendre ce qui se trouvait autour d'elle dans la pénombre. Il lui fallut de longues secondes pour comprendre qu'elle se tenait debout sur ce qui avait été le plafond, et qu'au-dessus d'elle, c'était le plancher. Elle n'eut pas le temps de réfléchir aux causes de ce renversement, car juste à côté d'elle le visage de Melsi perça les flots, toussant et crachant. Fafaro s'élança pour aider la princesse, mais elle fut retenue par sa robe. Une vague s'abattit sur leur dérisoire embarcation de fortune. L'eau jaillit entre les planches disloquées du «plafond». Sous leurs pieds, le sol pencha de nouveau. Melsi retomba dans l'eau sans avoir vraiment repris son souffle.

Jurant entre ses dents, Fafaro se pencha dans l'eau — elle en avait maintenant jusqu'à la taille — essayant de dégager le bas de sa robe entortillée dans une des moulures de bois de ce qui avait été le plafond. Constatant qu'elle n'y arrivait pas, elle se redressa et, moitié délaçant, moitié déchirant, réussit à s'extraire de son surcot et de sa robe. En sous-vêtements, libre de ses mouvements, elle plongea vers Melsi. Sa main se referma aussitôt sur de l'étoffe. Fafaro posa les pieds sur le «plancher» — l'eau lui arrivait maintenant à la poitrine — et souleva Melsi, la serrant contre elle, son visage sur son épaule.

Pendant un long moment, Melsi toussa, cracha et pleura, le tout entrecoupé de longues inspirations sifflantes. Puis les quintes de toux s'espacèrent et il ne resta plus que les pleurs d'effroi et de stupéfaction. Pendant ce temps, Fafaro réfléchissait furieusement. Par les fissures du plancher au-dessus d'elle, on distinguait la lumière grise du jour de tempête, ainsi que les vagues qui continuaient de s'abattre. Cela voulait donc dire que le salon avait été arraché de la *Brigaille*. Fafaro refusait de songer à ce qui avait pu arriver à Nestorien et au reste de l'équipage: il leur fallait tout d'abord survivre à la situation présente.

Autour de Fafaro et Melsi, le salon continuait de s'enfoncer dans l'eau. Pour se donner un peu de répit, Fafaro souleva Melsi pour la coucher dans l'étroit espace de rangement situé sous la banquette, puis elle réussit à y monter elle-même. Impossible de grimper plus haut, à moins de réussir à briser les planches au-dessus d'elles pour sortir à l'extérieur. Pour l'immédiat, elles restèrent là, serrées l'une contre l'autre, reprenant leur souffle et leurs esprits. Dehors, la tempête continuait de faire rage, et les vagues continuaient de soulever et de bousculer le salon. À intervalles irréguliers, Fafaro et Melsi se retrouvaient dans l'eau; heureusement qu'il restait toujours une mince couche d'air prisonnière tout contre le «plafond». Tout ce que Fafaro trouvait à dire, c'est: «Tenez bon, Altesse!» Melsi ne répondait pas, le regard vitreux comme une somnambule.

Pendant des heures qui leur parurent des siècles, Fafaro et Melsi restèrent serrées l'une contre l'autre dans l'étroit refuge. Puis, comme si la destruction de la *Brigaille* avait repu sa soif de violence, la tempête diminua d'intensité. Les vagues secouèrent le salon avec moins de force. Fafaro et Melsi ne furent plus plongées dans l'eau: c'est à peine si une vague venait parfois inonder l'intérieur de leur cachette. On y voyait un peu mieux, d'ailleurs : par les planches disloquées du plafond, une lumière un peu moins grise éclairait l'intérieur du salon. Entre la surface de l'eau et le plafond, l'espace d'air ne mesurait pas trois mains.

— Où est le kchün? demanda soudain Melsi d'une petite voix.

Fafaro contempla les débris qui flottaient à la surface de l'eau, frémissant à l'idée de reconnaître le cadavre flottant du kchün. Mais elle ne vit rien du genre.

— Je ne sais pas, répondit-elle, la gorge douloureuse.

Un long moment passa, puis Melsi dit :

— Tu me fais mal.

Fafaro se rendit compte qu'effectivement elle serrait depuis des heures la princesse contre elle. Comme sa poigne se relâchait, elle eut l'impression qu'une voix dans son esprit lui chuchota : «C'est bon. Tu peux pleurer maintenant.»

Ce qu'elle fit. Melsi ne tarda pas à l'accompagner.

* * *

Avec la venue du soir, le plafond de nuage s'était déchiré par endroits. Un soleil bouffi apparut à l'horizon, éclairant d'une lueur sanglante le pont dévasté de la *Brigaille*. Nestorien déambulait de la proue à la poupe, les yeux rouges, indifférent aux marins qui tentaient de remettre un peu d'ordre sur le pont. Diarmuid le suivait sans dire un mot. Difficile de décider si la sylvanelle ressentait également de la peine. Sa démarche restait gracieuse, son regard paisible, ses longs cheveux blancs flottaient dans la brise parfumée des odeurs qui suivent les orages. Malgré sa robe déchirée et salie, elle ressemblait plus à une déesse un peu rêveuse qu'à la survivante d'une catastrophe maritime. Mais elle ne quittait pas Nestorien du regard, comme si elle tenait à s'assurer par elle-même qu'il ne commettrait pas quelque geste désespéré.

Nestorien trouva le capitaine Lenoir sur son chemin, la bouche plissée en une expression sévère.

— Êtes-vous toujours le responsable de cette mission, Maître Nestorien?

Nestorien toisa le capitaine de la *Brigaille* comme s'il s'agissait d'un parfait inconnu. Puis il baissa la tête, poussant un long soupir.

— Oui. Je suppose que oui.

C'étaient les premières paroles qu'il prononçait depuis l'arrachement du château arrière. Sans autre commentaire, Lenoir lui fit signe de le suivre dans la salle des cartes. Diarmuid leur emboîta le pas.

Malicorne et le maître d'équipage les attendaient, tous les deux visiblement épuisés et abattus. D'une voix morne, ils firent leur rapport. La situation n'était pas encourageante. Non seulement le premier mât était-il cassé et le château arrière avait-il été arraché mais, ce qui était beaucoup plus grave, la poutre maîtresse s'était fissurée.

Les tendons du cou de Lenoir tressautèrent en un spasme nerveux.

— De la poutre maîtresse dépend la solidité de la coque, expliqua Malicorne à Nestorien. Ceci dit, la coque est encore étanche. L'équipage se relaie aux pompes pour assécher la cale.

— Beaucoup de blessés? demanda Lenoir.

— Des blessures mineures. Nous sommes chanceux de nous en tirer sans mort.

— À l'exception de Melsi et Fafaro, dit Nestorien en grinçant des dents.

— Je ne parlais que de l'équipage, expliqua doucement Malicorne.

Diarmuid posa sa main sur le bras de Nestorien.

— Melsi n'est pas morte.

Nestorien hocha lentement la tête, les yeux brûlants de larmes retenues. La pauvre sylvanelle ne se rendait pas compte, dans sa maladresse à le consoler, qu'elle n'avait nommé que Melsi, comme si la noyade de Fafaro devait être prise pour acquis.

— Que... Que faisons-nous maintenant?

— Dans un premier temps, essayer de rejoindre la *Vaillante*. Après... (Lenoir fit un geste incertain) Après nous verrons!

* * *

La nuit tomba sur la mer presque calmée. C'est à peine s'il ventait. Une brume impalpable adoucissait l'éclat des étoiles comme à travers un voile de gaze. Quelques marins, le dos courbé de fatigue, continuaient de plier les voiles et de remiser les gréements.

Nestorien, qui s'était demandé comment on ferait pour retrouver la *Vaillante*, eut la réponse à sa question. Malicorne mit à feu une petite fusée, qui fila droit au ciel en crachant une lumière rouge, si brillante qu'elle faisait mal aux yeux. Une invention des Agelastes, expliqua Malicorne. Des guetteurs avaient été postés tout le tour du navire. Un d'entre eux poussa un cri: il avait cru voir une lueur rouge par là. On lança une seconde fusée, puis on guetta dans la direction indiquée. Les marins poussèrent un cri de satisfaction: il s'était bel et bien agi d'une fusée. Ils avaient été repérés!

— Le vent est presque tombé, constata Malicorne. Ils ne seront pas ici avant demain. En espérant que la *Vaillante* soit en meilleur état que nous le sommes.

Nestorien ne répondit pas. Avec des gestes alourdis de fatigue, il alla s'asseoir sur une banquette dans la salle des cartes. Il voulait seulement reposer ses jambes quelques minutes, mais il s'endormit aussitôt, sans même se rendre compte qu'il s'était allongé. Les cauchemars qu'il fit ne lui parurent pas pires que la réalité.

* * *

La *Vaillante* aborda la *Brigaille* vers la fin de l'avant-midi du jour suivant. Visiblement, l'autre navire avait traversé la tempête sans dommage. Lenoir, Malicorne et Nestorien montèrent à bord pour leur faire part de la situation.

Le capitaine Bussard et tout son équipage furent bien entendu choqués de constater le triste état dans lequel se trouvait la *Brigaille*. Quant à Vernon et ses six soldats, ils ne purent tous retenir leurs larmes à l'annonce de la noyade de Fafaro et de la princesse Melsi. Vernon serra Nestorien contre lui, le visage plissé de douleur. Quelle affreuse tragédie! Fafaro, si jeune, si vivante, si fougueuse... Et Melsi... Vernon ne cessait de répéter: «Que va dire le roi? Que va dire le roi?», le visage blême d'incrédulité.

Nestorien se tourna vers le capitaine Bussard.

— Il faut faire des recherches. Elles ne peuvent pas être bien loin.

Ce fut Malicorne qui répondit, le regard triste.

— Maître Nestorien, elles sont peut-être plus loin que vous ne l'imaginez. Supposons qu'elles aient survécu en se tenant aux débris du château arrière, ce qui n'est pas impossible. Or, durant les nombreuses heures pendant lesquelles la tempête s'est poursuivie, la *Brigaille* a été poussée par le vent de la tempête contre sa coque. Ce qui n'a pas été le cas des naufragées. Dans quelle direction devrons-nous commencer nos recherches? Vers le sud? Mais encore? La mer est grande. Sud-est? Sud-ouest? Plein sud?

— Essayez-vous de me dire que nous ne ferons *aucune* recherche? demanda Nestorien en serrant les dents.

Lenoir lui posa la main sur l'épaule.

— Ne croyez pas que nous sommes indifférents à votre peine, Nestorien. Nous devons cependant décider de la poursuite de notre mission. Mais peut-être préférez-vous que nous vous laissions le temps de reprendre vos esprits?

Nestorien hocha négativement la tête.

— Quelle importance? Discuter maintenant ou plus tard...

— Maintenant que la princesse n'est plus parmi nous, il n'y a plus de raison de retourner à Trioriz, dit Lenoir. Vous pouvez poursuivre votre mission originale. À bord de la *Vaillante*, s'entend, car il n'est pas question que la *Brigaille* poursuive le voyage. Nous aurons bien assez de difficulté à regagner Trioriz en naviguant avec un seul mât. En ce qui concerne la princesse et votre fiancée, je posterai des guetteurs pendant tout le voyage de retour. Et nous naviguerons lentement, par la force des choses. Avec un peu de chance... C'est le mieux que nous puissions faire, je crois.

Nestorien échangea un long regard avec Vernon, puis il se tourna vers Lenoir.

— Vous avez raison, capitaine. Je vous remercie. (Il prit une profonde inspiration) Je suppose que plus tôt vous partirez, meilleures seront les chances de les retrouver.

— C'est exact.

— Alors dépêchons-nous!

Sans plus tarder, on amena Diarmuid sur la *Vaillante*. Nestorien serra la main de Malicorne et de Lenoir, puis les deux officiers retournèrent à bord de la *Brigaille*. Les amarres furent larguées et les deux navires se séparèrent, les équipages se criant mutuellement: «Bonne chance», en agitant la main. Nestorien salua sans enthousiasme, puis Vernon lui fit signe de le suivre, l'aidant à transporter ses affaires jusqu'à sa cabine. Diarmuid suivit également, l'air abattu.

8

Naufragées!

Pour Melsi et Fafaro, la nuit qui suivit la tempête fut encore plus terrifiante que tout ce qui s'était produit jusque-là. Le noir était absolu dans leur étroit refuge et Fafaro fut prise d'une terrible crise de claustrophobie. Seules les supplications désespérées de Melsi, qui ne voulait pas être abandonnée, l'empêchèrent de sortir en pleine nuit pour essayer de grimper à l'extérieur sur le toit.

Mais aussitôt que la lumière du matin s'infiltra par les interstices des planches, Fafaro ne tint plus en place.

— Je ne passerai pas une autre nuit ici, ça c'est sûr!

Mais Melsi pleurait de plus belle.

— Non Fafaro, ne m'abandonne pas!

— Je n'ai pas l'intention de vous abandonner! Je veux que nous sortions toutes les deux! Vous voyez la porte, contre la cloison? Il suffit de plonger pour aller tourner la poignée, de

83

nager jusqu'à l'extérieur et de remonter sur le toit.

— Non, j'ai peur! Je ne sais pas nager!

— C'est le bon moment pour apprendre. Chose certaine, il n'est pas question que vous nagiez avec tout cet attirail.

Avec des gestes maladroits dans l'étroit espace, Fafaro retira la robe que la princesse portait depuis la veille de leur départ. Quand cette dernière se retrouva en simple chemisette et culotte de soie brodée, le tout détrempé, elle lui parut si pitoyable que Fafaro sentit les larmes lui monter aux yeux.

Melsi se remit à gémir de plus belle. Elle ne voulait pas plonger dans l'eau. Elle avait froid, elle avait peur.

— Ça suffit! siffla Fafaro, sa pitié se muant en exaspération. À partir de maintenant, princesse ou pas princesse, tu vas obéir à mes ordres sans discuter et surtout sans pleurer! Je *t'interdis* de pleurer jusqu'à nouvel ordre! Compris?

Melsi s'était tue, stupéfaite, les yeux grands comme ça.

— *As-tu compris?*

— Oui, Fafaro! dit Melsi. Son menton tremblait mais elle ne pleurait plus.

— Bon!

Abandonnant Melsi, Fafaro laissa pendre ses pieds dans l'eau. Une courte hésitation, puis elle se laissa glisser. Le spectacle du salon immergé et inversé était décidément insolite. Par les hublots, des colonnes de lumière bleutée éclairaient sa robe coincée dans la moulure du plafond, flottant telle une méduse rouge cousue de sequins. Pendant une fraction de seconde, Fafaro eut l'impression que la robe lui tendait les bras, qu'elle la suppliait de ne pas l'abandonner à son triste sort. Fafaro se secoua: ce n'était pas le moment de se mettre à délirer.

En quelques brasses, elle atteignit la poignée de la porte, qu'elle tourna. Le chambranle s'était déformé et la porte refusait de s'ouvrir. Fafaro s'arc-bouta et réussit à forcer l'ouverture. De l'autre côté chatoyait une eau si claire et si bleue que Fafaro resta un moment immobile, stupéfaite. Puis elle passa le seuil et remonta jusqu'à la surface. Elle reprit son souffle, accrochée à une moulure de bois doré, les yeux plissés sous les rayons du soleil levant. À la force du poignet, elle se souleva hors de l'eau et retomba de tout son long sur une surface de planche rugueuse. Elle resta allongée de longues secondes, étonnée et inquiète de sa faiblesse, jusqu'à ce qu'elle se souvienne qu'elle avait à peine mangé depuis deux jours. Avec des gestes lents, elle se mit debout et regarda la mer qui s'étendait, dans toutes les directions, jusqu'à l'infini. Sous ses pieds, la voix assourdie de Melsi lui demanda si tout allait bien.

— Laisse-moi reprendre mon souffle, et je viens te chercher.

En contemplant le plancher de bois rugueux, Fafaro changea soudain d'idée. Certaines planches avaient été partiellement disloquées lors du renversement de la *Brigaille* : elle inséra la main dans une fissure un peu plus large et, après bien des efforts, réussit à arracher assez de planches pour que Melsi puisse passer. Fafaro attrapa la princesse, la souleva par l'ouverture et la serra contre elle, horrifiée de sentir à quel point ses membres étaient glacés. Elles s'étendirent toutes les deux sur les planches tièdes, où elles restèrent longtemps immobiles, heureuses d'enfin se retrouver à l'air libre, soupirant d'extase de sentir le soleil réchauffer leur corps endolori. Puis elles s'assirent l'une près de l'autre, regardant autour d'elles, plus que perplexes.

— Qu'est-ce qu'on fait maintenant? finit par demander Melsi.

— Je n'en ai pas la moindre idée.

Un long silence, seulement troublé par le clapotement liquide des vagues contre leur radeau de fortune.

— J'ai soif, dit encore Melsi.

La gorge de Fafaro se contracta douloureusement. Elle aussi avait très soif. Et très faim également. Le festin de la veille du départ de Trioriz n'était plus qu'un souvenir. Elles essayèrent de boire de l'eau de mer, mais le goût en était si affreux qu'elles y renoncèrent. Fafaro réfléchit: non seulement le plateau de viandes froides offert par le maître d'équipage avait à peine été entamé, mais il était accompagné d'une carafe d'eau avec un bouchon. Elle demanda à Melsi:

— Le cuisinier était-il revenu chercher le souper?

Melsi hocha la tête. Elle ne savait pas, elle dormait.

Fafaro baissa la tête dans l'ouverture par laquelle Melsi était sortie. Lentement, ses yeux s'habituèrent à la pénombre. Parmi les meubles, bibelots et détritus qui flottaient sur la surface calme de l'eau, elle crut reconnaître des tranches de jambon. Battant l'eau de ses mains, elle réussit à approcher la tranche de viande dans sa direction. Elle attrapa une chose molle et décolorée par son séjour dans l'eau de mer.

Elle se redressa pour montrer sa pêche à Melsi.

— C'est dégoûtant! gémit la princesse en se cachant le visage dans les mains.

Fafaro étendit la tranche sur une solive pour la faire sécher.

— C'est donc que nous n'avons pas encore assez faim, conclut-elle, un rictus dévoilant ses dents serrées.

Elle récupéra de cette façon une douzaine de tranches de jambon, des asperges toutes gonflées et, victuailles à l'aspect moins révoltant, trois œufs cuits dur. Melsi et Fafaro engouffrèrent les œufs et firent sécher tout le reste des aliments au soleil. Elles avaient cependant encore soif, d'autant plus qu'il commençait à faire bien chaud sur leur petite surface sans ombre. Fafaro plongea à nouveau à l'intérieur du salon, voir si elle pourrait trouver de l'eau potable. Elle finit par découvrir une carafe d'eau, allongée dans un coin. Malheureusement, la bouteille s'était remplie d'eau de mer. Reprenant son souffle à plusieurs reprises, Fafaro fouilla à gauche et à droite dans le salon, ne trouvant ni eau ni nourriture. Elle remonta à la surface pour se reposer, puis replongea pour visiter les quatre cabines qui faisaient partie du château arrière. Dans chacune des cabines elle trouva une boîte de biscuits et de bonbons, mais pas d'eau. Elle ramena les boîtes de friandises à Melsi, qui dut l'aider à remonter tellement elle était épuisée.

Les biscuits s'étaient transformés en une bouillie de grumeaux flottant dans de l'eau de mer. Heureusement que les bonbons étaient bien enveloppés. Fafaro et Melsi mangèrent des bonbons, puis finirent par trouver le courage de manger quelques tranches de jambon, beaucoup moins répugnantes maintenant qu'elles avaient séché au soleil. Malheureusement, toute cette nourriture trop sucrée ou trop salée ne fit pas grand chose pour étancher leur soif. Fafaro s'allongea, la bouche pâteuse, le cœur au bord des lèvres. Que n'aurait-elle pas donné pour un peu d'eau!

— Fafaro? demanda Melsi, émergeant d'une longue période de réflexion. Si le kchün s'est noyé, pourquoi ne se trouve-t-il pas à l'intérieur du salon?

— Je ne sais pas. Il n'était peut-être plus avec nous quand le navire a renversé.

— Je l'ai entendu aboyer.

— Je ne sais pas, Melsi. Ça s'est passé si vite...

— Nestorien et Diarmuid, eux? Tu crois qu'ils sont encore vivants?

Cette timide question frappa Fafaro comme une gifle. Jusqu'à ce moment, elle avait pris pour acquis que la *Brigaille* n'avait pas coulé. Était-ce bien le cas? Avait-elle la moindre preuve que le navire avait réussi à passer au travers de la tempête? Et la *Vaillante*? Elles étaient peut-être les seules survivantes du naufrage. Fafaro serra les dents, luttant contre la montée des larmes. Et puis non! Non, elle refusait de le croire! Non seulement la *Brigaille* n'avait pas coulé mais son équipage était en train de patrouiller la mer Géante à leur recherche. Après tout, Nestorien était le responsable de cette mission. Jamais il ne les abandonnerait, ni elle ni la princesse.

Melsi s'était allongée au milieu du radeau, sa chemisette relevée sur le visage, épuisée moralement et physiquement. Fafaro s'allongea à son côté. Mieux valait dormir, en effet. Après tout, peut-être que tout ceci n'était qu'un cauchemar, et qu'elle allait dans quelques instants se réveiller au château de Contremont, blottie au creux de son matelas de duvet d'oie.

* * *

Après la journée vint la nuit, puis une autre journée, puis une autre nuit. Lorsque le soleil se leva, Fafaro calcula avec incrédulité que ce serait leur quatrième journée en perdition. Elle se leva et but un peu d'eau de mer. Elle ne put s'en empêcher, même si l'eau salée lui donnait la nausée, même si boire pareille saumure ne semblait pas étancher sa soif.

La soif. Leur situation n'aurait pas été si désespérée si ce n'avait été de la soif, une horrible sensation qui avait repoussé au loin tous les autres désagréments. Fafaro n'avait plus faim, elle n'avait plus peur, elle ne ressentait plus la douleur cuisante des coups de soleil sur ses bras nus. Elle n'avait plus que soif, soif, soif...

Melsi gémit dans son sommeil, mais Fafaro n'osa pas la réveiller. Pourquoi faire? Elle regarda l'horizon, l'haïssable horizon. Rien, toujours rien. Il n'y avait jamais rien eu sur cette damnée mer Géante. Tout comme il n'y avait rien *dans* la mer. Pendant des heures, Fafaro et Melsi s'étaient penchées au-dessus des vagues, guettant un banc de poissons. Mais il n'y avait rien dans ces flots bleus, transparents, stériles. Rien dans la mer, rien dans le ciel, sauf ce bleu, ce terrible bleu. Et le soleil... Et la soif...

Fafaro s'assit, le menton appuyé sur ses genoux, sa jupe relevée par-dessus la tête : elle était allée récupérer leurs vêtements pour se protéger. Du soleil le jour, et de la fraîcheur, la nuit. Elle contemplait Melsi, toujours endormie, pareille à une poupée désarticulée dans une robe de chiffons sales. Son bras dont la peau commençait à peler avait glissé hors de l'abri du vêtement. Pendant des heures, lui sembla-t-il, Fafaro regarda le bras de Melsi, incapable de trouver l'énergie pour se lever et aller repousser le bras sous la protection du tissu. Elle voulait lui dire de se réveiller, mais sa gorge parcheminée ne laissait pas passer la moindre syllabe.

Fafaro se mit soudain à rire, un rire silencieux et douloureux. Elle était incapable de s'arrêter. Il n'y avait pourtant pas de quoi rire. Avec un détachement absolu, elle décida qu'elle était devenue folle. Tiens, le soleil avait bondi au zénith sans même qu'elle ne s'en aperçoive. C'était l'heure du dîner, se dit Fafaro, et elle continua de rire, répétant : «C'est l'heure de dîner. C'est l'heure de dîner.» Elle allait sonner un serviteur pour qu'on lui amène à sa chambre deux cailles rôties, du pain frais, une tarte aux merises, le tout accompagné d'un pichet — d'un énorme pichet — de limonade glacée. D'ailleurs, n'était-ce pas la *Brigaille* qui s'approchait ainsi, sur les flots scintillants de la mer, lui apportant le repas qu'elle avait commandé? Fafaro espéra soudain qu'au lieu de limonade, le serviteur lui aurait apporté un pichet de bière, gardée au frais dans le Pibole. Elle buvait rarement de la bière, sauf quand il faisait très chaud et qu'elle avait bien soif...

Des aboiements lointains firent éclater la bulle de délire qui entourait Fafaro. Suffoquant de surprise, elle se mit debout, les jambes tremblantes. Un voilier s'était approché à moins de deux encablures du radeau. Comment se faisait-il qu'elle ne s'en était pas rendu compte plus tôt? Était-ce une hallucination? Était-elle réellement devenue folle? Fafaro agita les bras et cria d'une voix qui lui parut terriblement rauque et faible. Sur le pont, de minuscules silhouettes répondirent à son appel. Les passagers étaient trop éloignés pour être reconnus. Chose certaine, ce navire n'était ni la *Brigaille* ni la *Vaillante*. C'était également du navire que provenaient les aboiements, qui lui parurent étrangement familiers.

Fafaro s'agenouilla auprès de Melsi.

— Melsi! Réveille-toi! Un bateau! Nous sommes sauvées.

Mais la princesse refusait de se réveiller. Fafaro lissa ses longs cheveux d'or réduits à l'état de loques, caressa son visage brûlé de soleil. Elle la supplia de reprendre conscience. Les yeux de Melsi refusaient de s'ouvrir. Sa seule réaction fut de lécher ses lèvres crevassées, et de murmurer:

— Le kchün. Le kchün est revenu.

Fafaro voulut protester, lui dire que ça ne pouvait pas être le kchün, mais une faiblesse immense la fit soudain s'affaisser. Le dernier souvenir qu'elle garda de sa vie de naufragée fut le choc d'une solive rugueuse contre son dos, et le ballet éblouissant du soleil qui tournait, tournait, tournait dans un ciel trop bleu.

9

Sur la *Vaillante*

Dans la faible brise qui avait suivi la tempête, la *Vaillante* poursuivait sans hâte sa traversée de la mer Géante, direction plein nord. Les aménagements du château arrière ressemblaient beaucoup à celles de la *Brigaille*, en un peu moins luxueux : le salon était plus petit, de façon à laisser place à une douzaine d'étroites cabines, où Nestorien et Diarmuid avaient été logés.

Nestorien n'avait cure de cette diminution du confort. Il était devenu taciturne, parlait peu. Et quand il parlait, c'était avec un pli d'amertume au coin des lèvres. Vernon était affligé et même effrayé du changement de comportement chez son ami. Le jeune lieutenant aurait trouvé plus normal que Nestorien s'effondre en pleurs et recherche la consolation d'un vieil ami ; mais, depuis deux jours qu'ils naviguaient sur la *Vaillante*, Nestorien avait soigneusement évité le sujet, au point qu'il ne quittait sa cabine que pour les repas, pendant lesquels il restait d'une froideur de glace.

Or, il était difficile de trouver la solitude sur un navire. Vernon réussit à coincer Nestorien à la proue, pendant que le jeune homme regardait au loin, le visage fermé, ses cheveux flottant dans la brise parfumée. L'accueil de Nestorien fut très froid.

— Est-ce donc impossible de trouver un endroit pour réfléchir en paix sur ce satané bateau?

— Peut-être que tu réfléchis trop, c'est ça ton problème.

— Ah! Mais c'est que je ne suis pas un soldat, moi! répondit Nestorien avec un sourire de mépris qui fit plus mal à Vernon que n'importe quelle insulte. Mon travail *est* de réfléchir.

— Je ne suis peut-être qu'un soldat, bredouilla Vernon. Et c'est vrai que je ne sais pas trouver les mots pour te consoler. Tout ce que je vois, c'est que tu te fais du mal.

— Et même si c'était le cas. En quoi cela te concernerait-il?

Vernon soupira. Il n'avait pas envie de se disputer. Nestorien, le regard résolument dirigé devant lui, reprit sur un ton curieusement détaché:

— Tu vois, mon cher Vernon, ce qui est arrivé à Fafaro et à Melsi m'a fait beaucoup réfléchir. C'est comme si des écailles étaient tombées de mes yeux, me permettant de voir enfin les choses comme elles sont et non pas comme je souhaiterais qu'elles soient. Je réfléchissais au fait qu'à toutes les étapes de notre vie nous devons faire des choix entre nos désirs immédiats, et les exigences de la raison. Je me suis dit que jusqu'à présent j'avais bien pris à la légère mon rôle de conseiller du roi Japier. Maître Sirokin m'a un jour expliqué que le conseiller idéal était une personne qui savait juguler ses sentiments, de façon à conseiller son roi en faisant intervenir le moins possible ses préjugés et ses sentiments propres. Or, me suis-je comporté de façon raisonnable depuis le début de cette expédition? Je ne crois pas. Je n'aurais pas dû permettre à Fafaro de nous accompagner dans une mission dangereuse. D'ailleurs, si Fafaro elle-même avait été raisonnable, elle ne m'aurait pas supplié de venir avec nous. Si la princesse Melsi avait été raisonnable, elle ne se serait pas cachée dans les cales de la *Brigaille*.

— On ne peut pas demander à une enfant de dix ans de réfléchir comme une adulte! s'insurgea Vernon.

— Tout à fait! répondit Nestorien, souriant comme s'il avait prévu les objections du soldat. Tu as tout à fait raison, Vernon. Je me borne à constater les faits, à constater que *nous n'avons pas* été raisonnables.

— C'est ça, la conclusion de tes réflexions?

Qu'il ne faut plus écouter nos émotions? C'est ça que tu es en train d'essayer de faire?

— Si nous avions tous fait la sourde oreille à nos émotions, Fafaro et Melsi seraient en ce moment même en train de jouer aux cartes dans les jardins de Trioriz. Maintenant elles sont mortes.

Une voix cristalline se fit entendre derrière Vernon.

— Melsi n'est pas morte.

Nestorien se tourna vers Diarmuid.

— Ah bon? Et comment aurait-elle survécu, je te prie?

Diarmuid hocha doucement la tête.

— Je ne sais pas. Tout ce que je sais, c'est que Melsi n'est pas morte.

— Et puis, quelle façon de me consoler, vraiment! s'exclama Nestorien avec un sourire acide. Et Fafaro? Tu as déjà oublié Fafaro? Pourquoi n'aurait-elle pas survécu elle aussi?

— Je ne réussis à entendre que Melsi, répondit Diarmuid comme s'il s'agissait de la chose la plus évidente du monde.

Nestorien resta muet, la bouche ouverte. Ce fut Vernon qui prit Diarmuid par les épaules.

— Qu'est-ce que tu as dit? Tu *entends* la princesse?

Un sourire incertain flotta sur les lèvres pâles.

— Je ne l'entends pas dans le sens que vous donnez à ce mot. Je la... sens. Je sens son appel, comme je sens l'appel de mon peuple, au-delà de la mer.

— Et tu... ne sens pas Fafaro?

— Bien sûr que non. Seule Melsi a du sang de sylvanelle.

Vernon recula, clignant des yeux.

— Quoi?

— J'ai dit: seule Melsi a du sang de sylvanelle.

— Co... Comment est-ce possible?

— Nous discuterons de ça plus tard, intervint Nestorien en s'approchant. Diarmuid, écoute-moi bien. Où est Melsi? Réussirais-tu à la retrouver?

La sylvanelle tendit une main blanche vers le sud.

— Par là... Assez loin...

— Pourquoi ne pas nous l'avoir dit plus tôt? éclata Vernon.

Nestorien s'appuya lourdement contre une barrique, faisant signe à son ami de ne pas se fâcher.

— Elle me l'a dit. Dès le lendemain de l'accident. Je ne l'ai pas écoutée. Je ne l'ai pas crue.

Vernon se mit soudain à secouer Nestorien, un sourire quasi hystérique sur le visage.

— Mais tu ne comprends donc pas? Réfléchis donc, Nestorien, puisque que tu te crois si doué pour ça! Selon toi, est-ce que la princesse Melsi savait nager? Bien sûr que non! Si elle est toujours vivante, c'est grâce à Fafaro.

— Oui, oui, tu as raison, répondit Nestorien, la lèvre inférieure secouée par un tic. Fafaro nage comme un poisson. Et elle est très forte. Très débrouillarde.

— Tu vois bien? Si Melsi est vivante, Fafaro est vivante, c'est l'évidence même! Elles auront réussi à s'accrocher à quelques débris, pour se faire récupérer par la *Brigaille* sur le chemin du retour.

— Évidemment, évidemment, répétait Nestorien, les larmes lui coulant jusque dans le cou. Elles ne peuvent pas avoir passé quatre jours dans l'eau.

Il continua de pleurer, longtemps, libérant des émotions qu'il avait retenues de façon malsaine pendant tout ce temps. Il réussit finalement à sourire à Vernon et Diarmuid, entre deux hoquets.

— Vous voyez? Encore à la merci des émotions... Et après on s'étonne que tout aille de travers dans ce bas monde...

Diarmuid l'enlaça sans dire un mot. Vernon ne dit rien non plus, il avait trop peur de se mettre à pleurer lui aussi. Ce n'était pas parce qu'il approuvait la chose chez son ami Nestorien qu'il devait y succomber lui aussi. Lui, ce n'était pas pareil: il était lieutenant de l'armée de Contremont. Il avait sa dignité.

10

Sur la *Carracque*

Avec une lenteur exquise, Fafaro émergea de l'ultime étape du sommeil, où l'on sait que l'éveil approche, et qu'on le refuse, parce que la sensation des draps contre notre peau est trop douce, que le lit est trop profond et trop chaud, les rêves trop séduisants. Elle entrouvrit des paupières lourdes : contre une mosaïque de taches de lumières diffuses, un visage s'approcha, un masque de gargouille, édenté et ricanant.

Fafaro cria, les yeux grands ouverts.

La gargouille recula, surprise. Fafaro réalisa aussitôt que ce qu'elle avait pris pour un masque de cauchemar n'était que le visage d'un vieillard, édenté, au cheveu rare et blanc, à la peau couleur de hareng fumé plissée de mille rides d'inquiétude. Stupéfaite, elle voulut s'excuser lorsqu'un rire tonitruant lui fit tourner la tête vers le deuxième occupant de la cabine — car elle ne pouvait être ailleurs qu'à bord d'une cabine de navire. Ce deuxième occupant était un homme beaucoup plus jeune, qui ne manquait pas d'un certain charme débonnaire, avec sa veste et son pantalon de cuir fauve, ses longs cheveux noirs, sa moustache fine comme un trait et son regard rieur.

— Ne t'approche pas trop près, Le Carreau! Tu vois bien que tu lui fais peur!

Le vieillard lança un regard noir à son jeune compagnon, puis reporta son attention sur Fafaro.

— Tu es réveillée?

— Je suis réveillée, répondit Fafaro, reprenant lentement ses esprits. Qui êtes-vous?

— Qui je suis? répondit vivement le vieillard, souriant de toutes ses gencives édentées. Elle me demande qui je suis? Mais quoi? T'as jamais entendu parler d'Épistémon Valdemar Capitulis, dit Le Carreau? C'est à croire que t'as grandi dans un placard.

— Cesse tes bouffonneries et laisse-lui le temps de se réveiller, dit l'autre avec un sourire en coin.

— Quant à ce beau garçon, continua Le Carreau en tendant courtoisement la main, s'agit de Sieur Janalbert, gentilhomme, soldat, marchand et marin. C'est aussi le capitaine de la *Carracque* — ça c'est la coquille de noix qui vous a rescapées, toi et la petite demoiselle.

Au mot «demoiselle», un torrent de souvenirs emporta Fafaro. L'expédition, la tempête,

101

le naufrage, *Melsi!* Elle voulut se redresser, mais constata avec un hoquet de consternation qu'elle était nue sous les draps!

— Où sont mes vêtements? demanda-t-elle posément, la couverture relevée jusqu'au menton, furieuse de sentir qu'elle rougissait.

Le Carreau hocha la tête avec un sourire triste.

— Ma pauvre petite. Je pouvais quand même pas te coucher avec les guenilles mouillées que tu avais sur le dos.

— Je n'en doute pas! Je suppose que vous en avez profité pour vous rincer l'œil!

Le capitaine Janalbert, l'œil scintillant de malice, s'assit au pied du lit.

— Un spectacle à ne pas manquer, en effet. Il a fallu établir un horaire pour que tout l'équipage puisse en profiter.

— Qui c'est qui fait le bouffon, maintenant? demanda vertement Le Carreau en repoussant le capitaine hors du lit. Il se tourna vers Fafaro: Rassure-toi, pas un de ces maquereaux ne t'a touchée. Je vous ai pas quittées de l'œil, toi et la petite.

— Melsi! s'exclama Fafaro. Où est-elle? Est-elle saine et sauve?

À l'extérieur de la cabine, en réponse à une exclamation proférée par une voix masculine, un rire haut perché se fit entendre.

— Eh bien, il suffit de le lui demander, dit

Janalbert en allant ouvrir la porte de la cabine.

Dans le cadre de la porte, un diablotin aux longs cheveux d'or apparut et courut vers Fafaro, sautant sur le lit.

— Fafaro!

Elles se serrèrent longtemps, pleurant toutes les deux de joie, puis Melsi s'assit aux pieds de Fafaro, difficile à reconnaître avec ses longs cheveux décoiffés, son nez rouge qui pelait, son pantalon de marin et sa chemise rouge aux manches trop longues.

— Oh, Fafaro! J'étais si inquiète. Tu dors depuis deux jours.

— Deux jours...

— Eh oui, mademoiselle Fafaro, dit le capitaine Janalbert. Vous nous avez inquiétés.

L'attention de Fafaro se porta ensuite vers le chien qui avait suivi Melsi quand elle était entrée dans la cabine. Mais était-ce bien un chien? Elle ne réussissait pas à détourner le regard, tellement l'animal ressemblait au kchün de la *Brigaille*.

— *C'est* le kchün! expliqua Melsi avec un éclat de rire. C'est *lui* qui est allé chercher la *Carracque*.

— Voyons, Melsi. C'est impossible. C'est un chien qui lui ressemble, c'est tout...

— Ma chère demoiselle, je me permets de te contredire, intervint Le Carreau. C'est un kchün, y a pas à se tromper. On l'a repêché à

103

deux jours de voile à l'est d'ici. Depuis ce temps, il a pas arrêté de japper dans votre direction.

— À nous rendre cinglés, renchérit Janalbert. J'ai dû choisir. Soit je mettais le cap vers l'ouest, soit je le rejetais à la mer.

— Il aurait fallu que tu me jettes avant, objecta Le Carreau. Si t'étais un vrai marin, tu saurais que c'est le kchün qui choisit le bateau, et pas le contraire. Jeter un kchün à la mer, c'est s'assurer douze ans de malheur au bas mot!

— Mais c'est impossible, répéta Fafaro. Il ne peut pas avoir nagé pendant deux jours.

Le kchün la toisa de son regard mouillé. Puis, soulevant le museau avec un reniflement méprisant, il alla se coucher dans le coin de la cabine. Visiblement, l'opinion de Fafaro sur cette affaire ne lui faisait ni chaud ni froid.

— Bon, et ben c'est pas tout, reprit Le Carreau. Je suppose que tu dois avoir faim.

— Oui. J'ai très faim.

— Je t'amène à manger, pauvre petite.

— J'aimerais aussi m'habiller.

— T'inquiète pas, j'ai tout prévu.

Le Carreau sortit de la cabine, suivi de Janalbert, qui lança un dernier regard à Fafaro, son élégante moustache soulevée en un sourire un peu étrange.

Dès que la porte se fut refermée, Fafaro attrapa de nouveau Melsi par les épaules.

— Tu es sûre que tout va bien? chuchotat-elle avec inquiétude. Personne ne t'a fait du mal?

Les yeux bleus s'écarquillèrent de stupéfaction.

— Mais non! Ils sont tous très gentils.

— Que leur as-tu dit? Leur as-tu révélé ton identité? Leur as-tu dit que tu étais la princesse de Contremont?

— Mais bien sûr!

— Oh, Melsi! dit Fafaro sur un ton découragé.

Les épaules de la princesse s'affaissèrent.

— Il ne fallait pas?

Fafaro faillit répondre: «N'as-tu donc pas compris? Ce sont peut-être des pirates», mais elle se retint juste à temps. Elle serra de nouveau Melsi contre sa poitrine, respirant l'odeur de sel de mer qui émanait encore de ses cheveux.

— Ce n'est pas grave. Tu es saine et sauve, c'est tout ce qui importe.

À quoi aurait-il servi de l'effrayer? Pirates ou non, ils ne leur avaient fait de mal ni à l'une ni à l'autre. Peut-être s'agissait-il bel et bien d'un navire marchand, après tout. Fafaro étudia d'un œil critique la petite cabine aux madriers de bois noircis par l'âge. On était loin du luxe du salon de la *Brigaille*, certes, mais la cabine n'était pas exagérément sale, ni désordonnée. Fafaro imaginait qu'un bateau pirate aurait été repoussant de crasse et jonché d'éclats de bouteilles de vin.

On frappa à la porte. Le Carreau entra, tenant dans sa main droite un plateau de poires, et dans sa main gauche trois ou quatre longues robes aux coloris vifs. Il étendit avec un geste galant les robes sur le pied du lit, et posa le plat de fruits sur une petite table de chevet.

— S'cusez si les poires sont vertes, mais faut pas être capricieux sur mer.

— Merci beaucoup, dit simplement Fafaro.

Le Carreau s'inclina bien bas, puis sortit. Fafaro, le cœur battant, se dépêcha de s'habiller, enfilant le premier vêtement qui sembla à peu près à sa taille, une superbe robe de bal rose cousue de perles. Ouf! Elle se sentit un peu mieux. Un peu voyante, certes, mais assurément moins que si elle se promenait toute nue, décida-t-elle avec un soupir d'exaspération devant les multiples indignités de la situation.

Elle mangea ensuite —surveillée par un kchün soudain attentif— refusant de réfléchir à ce que ces robes de bal pouvaient bien faire à bord d'un simple bateau marchand. Entre les poires, elle trouva un morceau de lard et un croûton de pain. Tout était dur : les poires, le lard et le pain, mais c'était meilleur que des tranches de jambon gonflées d'eau de mer!

Un peu rassasiée, elle enlaça de nouveau

Melsi, comme si elle n'arrivait toujours pas à croire qu'elle s'en était tirée aussi bien, puis elle lui fit signe de s'asseoir et de l'écouter.

— Maintenant, il nous faut discuter de ce que nous allons faire. Il faudra parler au capitaine Janalbert. Sais-tu où se trouve sa cabine?

— Il a une grande cabine à l'avant.

— Bien. Alors allons-y. Mais souviens-toi: tu me laisses parler, d'accord? Ce sera une discussion sérieuse, très sérieuse. Tu comprends?

— Je comprends, répondit Melsi, son petit visage tout sérieux.

Fafaro suivit Melsi sur le pont, accompagnée du kchün qui ne semblait pas vouloir quitter la princesse. Elles ne passèrent pas inaperçues: deux marins abandonnèrent leur poste et se bousculèrent l'un l'autre pour être le premier à pouvoir s'incliner devant elles.

— Mes hommages, princesse Melsi! dit le premier des deux marins, un grand maigre coiffé d'un bonnet rouge, sa barbe rousse fendue d'un large sourire.

— Lui, c'est Coscoton, dit Melsi. Il est très drôle.

— Quel plaisir de voir que vous vous êtes remise, dit le deuxième, son attitude galante contrastant avec sa chemise crasseuse et son épaisse chevelure noire taillée à la diable.

— Lui, c'est Boutargues.

— Pour vous servir, mesdemoiselles.

— Ouais, eh bien, tu n'es pas à bord de ce navire pour servir nos invitées, rétorqua le capitaine Janalbert qui les surveillait du deuxième pont. Allez ouste, au boulot!

Coscoton et Boutargues baisèrent tous deux la main de Fafaro, qui réussit à se retenir de rire, puis filèrent à leur travail, montant dans le gréement pour réparer la voile. Pendant que Janalbert descendait l'étroite échelle menant sur le premier pont, Fafaro jeta un coup d'œil autour d'elle. La *Carracque* était à peu près de la taille de la *Brigaille*, avec deux mâts et un château arrière. Mais là s'arrêtait toute ressemblance: alors que la *Brigaille* était un navire neuf et pimpant, celui-ci montrait son âge. Entre les lambeaux d'une ancienne peinture bleue, les planches du pont et du bastingage étaient blanches de sel, à l'exception du bois plus neuf, laissé sans peinture, qui avait servi à rapiécer en plusieurs endroits. Les voiles non plus n'étaient plus de première jeunesse: elles étaient jaunies, tachées et rapiécées. Avec leurs bonnets colorés, leurs boucles d'oreille en or et leurs chemises déchirées aux coudes, la demi-douzaine de marins qui vaquaient à leurs occupations ne déparaient pas l'ensemble.

Janalbert, lui, s'était immobilisé, contemplant Fafaro de la tête aux pieds, avec un éclat rêveur au fond du regard. Fafaro ajusta sa robe, mal à l'aise. Constatant que l'autre ne disait toujours rien, elle lui demanda: «Ça vous plaît?», de son ton le plus glacial.

— Beaucoup, répondit-il avec ce petit sourire qu'elle commençait à trouver prodigieusement irritant. Je me disais bien qu'une de ces vieilles choses pourrait encore servir.

Fafaro changea de sujet:

— Je ne vous ai pas encore remercié, capitaine. Pour Melsi et moi.

— Allons donc! Pouvais-je faire autre chose que vous sauver?

— Nous avons à parler de notre retour, maintenant. Désirez-vous que nous discutions ici, au milieu du pont?

L'éclat mystérieux disparut du regard de Janalbert, comme s'il émergeait d'un rêve.

— Vous avez raison, nous serons certainement mieux dans ma cabine pour discuter. Suivez-moi.

Fafaro et Melsi se retrouvèrent en compagnie de Janalbert et Le Carreau dans une vaste cabine un peu délabrée qui avait jadis été luxueuse. Janalbert les fit asseoir autour d'une table, puis il offrit du vin. Fafaro n'accepta qu'une demi-coupe, par politesse: elle voulait garder l'esprit clair.

Elle put immédiatement constater avec un certain soulagement que Melsi n'avait pas révélé beaucoup de détails sur leur identité ou les raisons de leur naufrage; ou alors les officiers de la *Carracque* ne l'avaient écoutée que d'une oreille distraite. Incapable de décider s'il valait mieux mentir ou dire la vérité, Fafaro opta pour la vérité: c'était le meilleur moyen de ne pas se contredire plus tard. Elle ne donna cependant pas tous les détails de leur mission. Ainsi, elle ne parla ni de Diarmuid, ni des sylvaneaux, se contentant de dire qu'il s'agissait d'un voyage d'exploration.

— Contremont? finit par répéter Janalbert en lançant un regard en coin à Fafaro. C'est un des royaumes le long du Pibole, non?

— C'est cela.

— Ouais. Curieuse idée d'emmener une jeune princesse dans un voyage d'exploration. Et vous? Vous êtes une Musaphe, non? Comment êtes-vous devenue dame de cour d'un royaume étranger?

Fafaro hésita. Manifestement, ce Janalbert n'était ni un ignorant, ni un imbécile.

— C'est une longue histoire, capitaine. Si vous le permettez, je préférerais que nous discutions plutôt des conditions de notre retour à Trioriz.

— Ah. Oui. Votre retour...

— Croyez-moi, le roi Japier vous récompensera princièrement.

— Sans doute, sans doute, répondit Janalbert, hochant la tête sans regarder directement Fafaro. Mais l'affaire n'est pas si simple. Trioriz est loin d'ici. Ça nous obligerait à rebrousser chemin.

— Capitaine Janalbert, j'ai l'impression que vous ne m'avez pas comprise, dit Fafaro en pesant soigneusement ses mots. Je vous assure que la gratitude de Japier ne connaîtra aucune limite. Il vous remboursera au centuple tous les frais et pertes encourus par ce changement de destination.

— C'est pas qu'on doute de ta parole, répondit Le Carreau. Ni de celle de ton roi, qui m'a l'air d'un bon bougre. C'est juste que la situation est un peu compliquée. On a comme un... un différend avec le roi Normand. Une sale embrouille politique, si tu vois ce que je veux dire. Ça fait qu'on préfère ne pas trop s'approcher de Trioriz.

Fafaro n'en croyait pas ses oreilles.

— Si vous nous ramenez, le roi Japier vous garantira une totale impunité.

Le sourire de Janalbert se fit sardonique.

— Je crains que la garantie de votre roi, chère Fafaro, ne soit pas suffisante. Normand a juré de me pendre sur le plus élevé de ses gibets, et les serments du roi de Trioriz ne doivent pas être pris à la légère.

— Qu'est-ce que vous lui avez fait? demanda Melsi.

— Ah. Ça aussi, c'est une longue histoire.

Fafaro s'était levée, écartant avec impatience une mèche de cheveux qui lui retombait sur la joue.

— Mais qu'allez-vous faire de nous? Vous ne pouvez pas nous garder prisonnières ici!

— Prisonnières? s'exclama Janalbert. Mais quelle idée! Vous êtes tout à fait libres de partir quand bon vous semble. Vous pouvez sauter de la proue, de la poupe, du premier pont, ce n'est pas le choix qui manque.

— Ça vous amuse donc de vous moquer de moi?

— Un peu, répondit Le Carreau en riant franchement. Ma pauvre petite! Regarde un peu la situation de notre point de vue. On vous rescape, pas mieux que mortes toutes les deux, et vous voilà pas sitôt séchées que vous voulez réglementer la vie à bord. Nous deux, on aime mieux en rigoler que se fâcher, voilà tout...

Après un instant de réflexion, Fafaro reprit sa place auprès de Melsi.

— Quelle est donc cette si importante destination? demanda-t-elle d'une voix sans timbre.

— Le cap Bleu, où nous allons décharger une cargaison de vin et de bière en échange de provisions... Et de ce qu'on pourra trouver sur place...

— De ce cap Bleu, y a-t-il des routes qui mènent à Trioriz ou Contremont?

Le Carreau éclata de nouveau de son rire asthmatique.

— S'il y a une route, elle est bougrement longue! Le cap Bleu est sur la rive nord de la mer Géante. Mais, tiens... Tu viens pas de nous dire que votre fameuse expédition était dirigée vers le nord? C'est là que vous vouliez aller, non?

Melsi et Fafaro se regardèrent l'une l'autre et hochèrent affirmativement la tête, un peu médusées.

— Voilà qui règle le problème! dit Janalbert. Nous prévoyons faire du cabotage tout le long des villages et des postes de ravitaillement de la rive nord. Nous finirons bien par tomber sur votre expédition: deux navires de la flotte de Trioriz, ça ne passe pas inaperçu! Qu'est-ce que vous pensez de cet arrangement?

Melsi et Fafaro se regardèrent de nouveau. Un peu amadouée, Fafaro demanda néanmoins ce qui se passerait s'ils ne rencontraient pas la *Brigaille* et la *Vaillante*. Après tout, songea-t-elle sans le dire tout haut, elles étaient peut-être les deux seules survivantes de la tempête.

Janalbert s'approcha de Fafaro, maintenant sérieux.

— Nous ferons pour le mieux. Allons, chère Fafaro, n'ayez pas peur. Aussi longtemps que vous serez à bord de la *Carracque*, je ne permettrai à personne de vous faire du mal. Personne.

Melsi et Fafaro, toujours suivies du kchün, retournèrent à leur cabine. Silencieuses, elles contemplèrent longtemps les flots infinis de la mer Géante, perdues dans leurs pensées.

11

À l'assaut de la *Vaillante*

À bord de la *Vaillante*, c'était devenu un rituel. Tous les matins, Nestorien demandait à Diarmuid si elle «entendait» encore Melsi. Et tous les matins, la sylvanelle répondait «Oui». Vernon, l'esprit pratique, avait demandé à Diarmuid si elle pouvait «parler» vers Melsi, pour la rassurer sur leur sort. Mais la sylvanelle avait hoché doucement la tête avec le plus infime des froncements de sourcils:

— Ça ne fonctionne pas de cette façon. C'est Melsi qui doit m'entendre. Je ne sais pas si elle le peut, elle n'est pas toute sylvanelle.

— C'est vrai que la princesse te ressemble un peu, avait dit Nestorien sur un ton rêveur. Et la reine Anne te ressemblait encore bien plus, si on se fie au portrait qui se trouve dans les appartements de Japier. Elle ne pouvait pas être une pure sylvanelle, on l'aurait su. Cela voudrait dire que l'héritage sylvaneau de Melsi ne peut être que du quart.

— Ou même moins, dit Vernon.

— Ou moins, bien sûr. Aurait-elle pu conserver une partie de vos étranges facultés?

— Je ne sais pas, avait répondu Diarmuid, distraite par un vol de mouettes au-dessus du pont de la *Vaillante*.

Peu importe! se disait Nestorien. Avec chaque jour qui passait, il était de plus en plus évident que la princesse, et très certainement Fafaro, avaient été rescapées par la *Brigaille*. L'inquiétude qu'avait éprouvée Nestorien avait donc cédé la place à un profond sentiment de soulagement. La fille du roi et sa jeune fiancée réintégreraient bientôt la sécurité du château de Trioriz. Allons donc! Elles avaient voulu de l'aventure, elles en avaient eu leur content! Mais un fond d'inquiétude empêchait Nestorien de se montrer trop moqueur: elles avaient sûrement eu très peur, et s'étaient peut-être blessées.

Un cri triomphant venu de la dunette interrompit ses pensées: «Terre!»

Vernon, les soldats de Contremont, Nestorien, Diarmuid et tout l'équipage sortirent sur le pont. Une fine ligne sombre barrait l'horizon nord. Vernon et Nestorien échangèrent une joyeuse poignée de main: ils avaient traversé la mer Géante! Même le flegmatique capitaine Bussard marchait d'un bout à l'autre du pont, félicitant ses hommes et assénant de viriles claques dans le dos de ses officiers.

Avec un bon vent de côté, sous un ciel moucheté de petits nuages très blancs, la *Vaillante* poursuivit sa route plein nord. Un panorama de douces collines aux teintes ocres et verdâtres émergea doucement des flots. Droit devant, un fleuve large et paresseux séparait deux de ces collines. Plus à l'ouest, un second fleuve beaucoup moins important déboulait en cataracte entre deux falaises de pierre ocre.

Nestorien inspira profondément: quel paysage majestueux et sauvage! Il se tourna vers Diarmuid. Et maintenant? Entendait-elle toujours l'appel des sylvaneaux? Dans quelle direction devaient-ils poursuivre leur route?

— Par là, répondit Diarmuid en tendant la main vers l'ouest.

Nestorien interpella le capitaine Bussard et lui rapporta ce que la sylvanelle avait dit.

— Vous savez ce qu'il vous reste à faire, conclut Nestorien avec bonne humeur. En route vers l'ouest.

— Pour longtemps? demanda Bussard, un peu sceptique.

— Non. Ce n'est plus loin maintenant, répondit Diarmuid.

Bussard étudia l'austère panorama qui défilait à moins d'une lieue de la *Vaillante*. Puis il haussa les épaules.

— De toute façon, nous ne trouverons pas d'endroit pour mouiller ici.

Il retourna auprès de ses officiers, criant

quelques ordres. Les marins s'activèrent aux cordages et à la barre. En une courbe gracieuse, la *Vaillante* vira plein ouest, ses voiles noblement gonflées par un vent arrière. Un vol d'oiseaux de mer glissa contre la paroi sombre d'une falaise. Nestorien inspira de nouveau. La tempête et ses frayeurs lui semblaient bien loin: il commençait à comprendre un peu l'amour des marins pour la mer.

* * *

Nestorien et Diarmuid dînèrent en compagnie du capitaine et de ses officiers, un repas joyeux et bien arrosé, si bien qu'après dîner Nestorien se retira dans sa cabine pour une courte sieste. Il eut l'impression de s'être à peine endormi avant que des cris, des ordres et des courses rapides le réveillent. Un poing impatient frappa à sa porte. C'était Vernon, le visage tendu, en train d'attacher sa légère armure de campagne.

— Des ennuis! dit-il simplement.

Nestorien le suivit, tout à fait réveillé. Il eut l'impression que l'équipage au complet était à son poste. Tout le monde jetait des coups d'œil vers l'avant où le capitaine Bussard et ses officiers entouraient un tout jeune matelot. Tous, ils regardaient la côte nord, où un voilier venait d'émerger entre les hautes falaises qui s'évasaient pour laisser passer un fleuve beaucoup plus large que le Pibole. Nestorien s'approcha de la proue.

— La coque n'est pas peinte, disait le jeune matelot que l'on avait choisi pour ses bons yeux. Le mât est noir à la base, à cause d'un incendie on dirait. Je ne vois pas de drapeau.

— Son cap?

— Il serre le vent pour nous intercepter.

— Des pirates! siffla Bussard.

— Vous êtes sûr? ne put s'empêcher de demander Nestorien.

— Faites-moi confiance, Maître Nestorien: je sais reconnaître un vaisseau pirate. (Le capitaine tendit la main vers les hautes falaises.) Ils devaient avoir des guetteurs là-haut. Ils ont eu tout le temps de se préparer.

— Ils sont encore loin, dit Nestorien. On ne peut pas les distancer?

— Ils serrent le vent, alors que nous naviguons par vent arrière, expliqua Bussard. Ils peuvent contrôler leur direction et leur vitesse bien mieux que nous. Il faut virer au large!

Le capitaine donna ses ordres, que le second hurla à l'équipage. La *Vaillante* tourna souplement vers le large, mais les pirates avaient prévu la manœuvre et changeaient déjà leur cap pour couper au plus court. La *Vaillante* tourna encore, serrant maintenant le vent au plus près, son étrave fendant les vagues avec de grands jets de bruine salée. Mais l'autre navire rajusta aussitôt sa direction. Il s'était

118

suffisamment approché pour que Nestorien distingue lui aussi la couleur gris-brun de la coque de bois, le mât noirci et les voiles brunes de crasse. La poursuite continua encore un bon moment, mais il devint évident que le voilier pirate, plus léger et plus étroit que la *Vaillante*, réussirait inexorablement à la rattraper.

— Ce n'est pas la première fois qu'ils jouent à ce petit jeu! Mais aussi vrai que je m'appelle Bussard, je ne me laisserai pas trousser sans riposter. Lieutenant Vernon, vos hommes sont-ils habiles à l'arc?

— Ce sont les meilleurs au monde!

— Nous allons montrer à ces bandits que la *Vaillante* n'est pas un vulgaire bateau de plaisance. Maître Nestorien, Mademoiselle Diarmuid, je vous conseille d'aller vous réfugier au salon.

Un peu honteux de se mettre à l'abri, Nestorien obéit néanmoins au conseil du capitaine. Il rejoignit Diarmuid qui regardait distraitement le vaisseau pirate, ses longs cheveux blancs fouettés par le vent. Cependant, plutôt que de s'enfermer tout de suite, ils s'agrippèrent au bastingage, tout près de la porte du salon. Il serait toujours temps de se cacher si les choses tournaient trop mal.

Pendant de longues minutes d'angoisse, Bussard laissa le navire pirate s'approcher. On distinguait maintenant le visage couleur de terre cuite des pirates, d'une sévérité de mauvais augure. Ils devaient bien être une trentaine. Nestorien vit que certains de leurs attaquants brandissaient des arcs, et décida qu'il était temps pour Diarmuid et lui de s'enfermer au salon.

Soudain, sur un signe de Bussard, le second cria quelques ordres. Les cordages sifflèrent, la barre fut violemment rabattue, les voiles tournèrent: la *Vaillante* avait viré de bord et fonçait maintenant droit vers le bateau pirate, comme pour lui couper le passage. Malgré le bruit du vent, on entendit distinctement les jurons et les ordres précipités qui provenaient de l'autre navire. L'instant d'un battement de cœur, l'équipage de la *Vaillante* eut l'impression que le navire pirate percuterait leur navire, ce qui aurait certainement causé un double naufrage.

Mais Bussard et ses marins avaient bien calculé. Les cheveux de Nestorien se dressèrent sur sa tête en voyant la *Vaillante* glisser juste sous le nez du vaisseau pirate. Des grappins furent lancés par les attaquants... En vain. Des deux côtés, des flèches fendirent l'air. Les flèches des pirates se fichèrent dans les voiles. Les archers de Contremont furent plus habiles: un pirate glapit, une flèche dans la cuisse, tandis qu'un autre tomba par-dessus bord, atteint à la poitrine. Mais les deux navires s'éloignaient déjà, en dépit des manœuvres précipitées effectuées par les pirates.

Bussard avait espéré qu'une démonstration de force découragerait les assaillants. Peine perdue: la poursuite reprit avec acharnement. Bussard réfléchissait furieusement, un pli soucieux barrant son front ridé. Ce changement de cap les mettait dans une position plus précaire. Les deux navires filaient maintenant vers la côte, ce qui signifiait que les pirates avaient tout intérêt à les rabattre contre les falaises. Et pas question de les surprendre deux fois avec le même genre d'entourloupe, un changement de cap ne pourrait maintenant que profiter au navire pirate, plus léger.

Sur la côte qui s'approchait, la falaise de roc brun-rouge s'était fissurée en un entrelacs de fjords et d'étroits pitons rocheux. Bussard frémit: entrer dans un labyrinthe pareil était le plus sûr moyen de se faire rattraper. Il fallait reprendre le large... Mais trop tard: leurs ennemis étaient presque sur eux!

Cette fois-ci, les grappins des pirates atteignirent la *Vaillante*, malgré les flèches provenant de l'équipage et des soldats de Contremont. Un des hommes de Vernon réussit à trancher le câble d'un grappin, puis tomba d'une masse sur le pont, atteint d'une flèche en plein visage. Son sacrifice fut presque inutile, d'autres grappins trouvaient leur cible, amarrant inexorablement le bateau pirate à la *Vaillante*. Certains pirates poussaient des cris suraigus en agitant de longues épées, tandis que d'autres tiraient sur les câbles pour rapprocher les deux coques.

Bussard fut placé devant un choix désespéré. Devait-il libérer ses hommes pour le corps à corps qui allait suivre? Non, il tenta une dernière manœuvre folle: il ordonna au barreur de diriger la *Vaillante* dans le labyrinthe des fjords, à gauche d'un des pitons rocheux. Tout à leur attaque, les pirates ne comprirent pas tout de suite la raison de ce changement de cap, ils se contentèrent de barrer à droite afin de briser la course des deux navires. Bussard exulta: les pirates avaient fait exactement ce qu'il voulait! Au lieu de résister, il changea de nouveau de direction, alignant la *Vaillante* pour qu'elle navigue de concert avec le bateau pirate, à croire qu'il voulait leur faciliter l'abordage. Et c'est bien ce que les pirates s'empressèrent de faire: ils bondirent sur le pont de la *Vaillante* avec des cris à glacer le sang, et un corps à corps furieux s'engagea.

Mais l'abordage des pirates s'interrompit aussi rapidement qu'il avait commencé: leur capitaine venait juste de comprendre dans quel piège Bussard les avait entraînés. Leur navire se dirigeait droit sur la paroi irrégulière du piton rocheux. Des cris désespérés furent lancés de la proue à la poupe du vaisseau pirate. Les forbans abandonnèrent leurs armes pour larguer la voile, jeter l'ancre, se lancer sur la barre. Tout ça pour rien: la *Vaillante* continuait de les entraîner de toute sa masse et de toute sa voile.

Le choc fut terrible. Le vaisseau pirate frappa la paroi de plein fouet, faisant jaillir une nuée piaillante d'oiseaux de mer qui nichaient dans les trous de la roche. La *Vaillante* tressauta presque aussi violemment, jetant à terre amis et ennemis, mais elle continua sur son élan. Certains câbles des grappins cassèrent comme de vulgaires ficelles, d'autres résistèrent et ce fut le bastingage et les superstructures de la *Vaillante* qui rompirent. Nestorien lui-même, qui ne s'était pas attendu à un tel choc, heurta le mur du salon et en resta tout étourdi. Quand il eut repris contenance, et après s'être assuré que Diarmuid n'était pas blessée, il sortit du salon juste à temps pour assister aux derniers instants de la défaite des quelques pirates restés sur le pont de la *Vaillante*. Voyant que tout était perdu, les trois derniers attaquants sautèrent par-dessus bord, mais il ne fallait pas s'attendre à de la pitié de la part des archers de Contremont. Trois cadavres criblés de flèches flottèrent bientôt dans les vagues.

Le silence se fit sur le pont. Le second ordonna de larguer les voiles et de jeter l'ancre. Maintenant que l'on était débarrassé des pirates, il valait mieux s'arrêter et prendre le temps de réfléchir à la suite des événements.

Nestorien s'approcha de Vernon: le jeune lieutenant avait la bouche et le menton rouges de sang.

— Tu es blessé!

Vernon se passa la main sur le menton, regardant le sang d'un air perplexe pendant qu'il reprenait son souffle. Puis il se tâta le nez, la bouche plissée en une grimace douloureuse.

— J'ai dû recevoir un coup sur le nez. Je ne m'en étais même pas aperçu.

Marins et soldats se réunirent à la poupe pour assister aux derniers instants du bateau pirate. Sa proue fracassée, constamment rabattu contre la pierre par le ressac, celui-ci ne tarda pas à couler. Bussard ordonna ensuite à ses hommes de nettoyer le pont et d'évaluer les dégâts. Les cadavres des pirates furent jetés par-dessus bord sans cérémonie. Il y avait trois morts à bord de la *Vaillante* — deux membres d'équipage et un des hommes de Vernon — et de nombreux blessés que Nestorien aida à panser. Quant aux dégâts, ils étaient limités et ne compromettaient pas le fonctionnement du navire.

Il n'était pas question de continuer à l'intérieur du fjord, le passage était trop étroit. L'équipage de la *Vaillante* s'attela donc à la manœuvre délicate consistant à virer de bord dans un espace restreint parcouru de rafales de vent tournant. Le capitaine Bussard et le second furent obligés de mettre la main à la manœuvre : les marins valides n'étaient plus assez nombreux. La *Vaillante* réussit finalement à sortir prudemment du fjord. À la base du piton rocheux, sous la nuée d'oiseaux en colère, une demi-douzaine de pirates s'agrippaient à la pierre dans une position plus que précaire. Ils regardèrent passer la *Vaillante*, le visage fermé.

Une fois au large, on s'arrêta le temps d'une courte cérémonie de funérailles. Vernon et les soldats survivants revêtirent leurs habits de parade, tandis que Nestorien enfila sa toge noire de conseiller. Silencieux, ils regardèrent les marins offrir aux vagues les corps emmaillotés et lestés des trois victimes.

Puis le voyage se poursuivit, toujours plus à l'ouest.

12

Fafaro et Janalbert

Le matin qui suivit le réveil de Fafaro à bord de la *Carracque,* la princesse Melsi s'était réveillée surexcitée.

— J'ai rêvé à Diarmuid, expliqua-t-elle à Fafaro. C'était un rêve bizarre. Comme si Diarmuid me parlait sans dire un seul mot. Elle me faisait comprendre qu'ils étaient tous encore vivants : elle, Nestorien et Vernon.

— Hélas, ce n'était qu'un rêve, dit gentiment Fafaro en lui brossant ses longs cheveux, assise à côté d'elle sur leur lit. Rassure-toi. Je suis sûre qu'ils sont vivants. Je suppose qu'ils rêvent à nous eux aussi.

— Tu crois que nous allons rester longtemps à bord de la *Carracque*? demanda Melsi, un peu à brûle-pourpoint.

— Je ne sais pas, répondit sincèrement Fafaro. Ils n'ont pas l'air pressés de nous ramener à Trioriz.

— Pourquoi n'aiment-ils pas le roi Normand? Tu crois que ce sont des pirates?

— Bien sûr que non! mentit Fafaro.

— Si au moins nous pouvions faire savoir à mon père et à Nestorien que nous ne sommes pas mortes, ça ne me dérangerait pas de rester encore un peu ici. Moi, j'aime bien la *Carracque*. Et je crois qu'ils nous aiment bien eux aussi.

Fafaro continua de brosser les cheveux de la princesse, ne sachant quoi répondre. Melsi était-elle vraiment si insensible et naïve? Ou alors essayait-elle tout simplement de se rassurer, de se convaincre elle-même que leur croisière à bord de la *Carracque* n'était qu'un agréable intermède en attendant leur retour à la maison? Fafaro sentit les yeux qui lui piquaient: si jamais il arrivait du mal à la princesse... Un vif sentiment de culpabilité la brûla soudain: avait-elle vraiment *tout* fait ce qui était en son pouvoir pour aider Melsi? De toute évidence, le capitaine Janalbert n'était pas indifférent à ses charmes. Or, au lieu d'exploiter cette attirance pour son bénéfice, et le bénéfice de Melsi, elle s'était comportée de façon on ne peut plus fraîche. Après tout, ne leur avait-il pas sauvé la vie? Est-ce que ça lui aurait fait si mal de minauder un peu devant Janalbert, de pleurer de reconnaissance à son cou? Fafaro se souvint du regard du capitaine lorsqu'il l'avait vue sur le pont dans sa robe rose à perles; elle revécut leur conversation de la veille dans sa cabine. Pourquoi avait-elle répondu de façon aussi brusque? Si elle s'était approchée de Janalbert, le regard humide, l'épaule légèrement dénudée, si elle avait posé sa main tremblante sur la sienne, implorant d'une voix rauque: «Ramenez-nous à Trioriz, je vous en supplie», la réponse aurait peut-être été différente. Toutes les dames de la cour de Contremont auraient été fières d'elle, non? Elle se serait enfin comportée comme une vraie courtisane!

— Aïe! fit Melsi. Tu m'arraches les cheveux!

— Pardon, dit Fafaro, se forçant à reprendre son calme.

Une fois coiffées et habillées, Fafaro et Melsi allèrent faire une promenade sur le pont. Le vent était un peu plus vif aujourd'hui, et le vieux voilier filait à bonne allure sur les flots frisés de vagues. Les marins Coscoton et Boutargues invitèrent Melsi à monter jusqu'en haut du mât, ce qu'elle accepta sous le double regard désapprobateur de Fafaro et du kchün. Mais Fafaro haussa les épaules: les deux marins lui semblaient bien inoffensifs et tout ce qui pouvait distraire Melsi était le bienvenu. Surveillant la progression de la princesse du coin de l'œil, Fafaro s'adossa au mur du château arrière, une barrique pour tout fauteuil, et mordit dans une des poires qu'un marin était venu leur porter pour leur déjeuner. La poire était dure, verte et acide, mais Fafaro ne s'en formalisa pas. C'était le genre de déjeuner qu'elle avait souvent fait, des années plus tôt, lorsqu'elle guidait les voyageurs dans les monts Fructice, en compagnie de son père tout d'abord, puis seule ensuite, quand son père s'était tué dans un éboulis. Les souvenirs en amenèrent d'autres. Elle songea à cette nuit glaciale, au sud des marais Marivoles, où elle avait partagé ses couvertures avec Nestorien. Comme elle avait eu de la difficulté à s'endormir! Elle se souvint aussi de la première fois qu'elle avait contemplé Diarmuid, créature alors sauvage et muette*. Et sa capture par les hommes sans âme... Nestorien qui était venu la secourir... Elle l'aimait déjà un peu à ce moment-là. Comme c'était curieux, songea soudain Fafaro. Elle ne gardait presque aucun souvenir précis de ses deux années à Contremont, sauf la cérémonie de fiançailles, et encore c'était surtout la bousculade des préparatifs qui remontait à sa mémoire. De quoi aurait-elle bien pu se souvenir? À Contremont, finalement, il ne se passait pas grand chose. Jusqu'au jour où elle se marierait. Et puis ensuite? Ils vivraient, heureux sans doute. Fafaro se rendit compte avec une certaine

---

*Voir, dans la même collection, *La Requête de Barrad* et *La Prisonnière de Barrad*.

surprise à quel point le bonheur laissait peu de prise aux souvenirs.

Elle sentit une présence à son côté.

—Vous voilà bien songeuse, lui dit Janalbert d'une voix aimable.

Fafaro tourna doucement la tête dans sa direction.

—Ma situation me donne de nombreuses raisons de réfléchir. Par exemple, je me demandais ce qu'une luxueuse robe comme celle que vous m'avez offerte faisait sur un simple navire marchand.

Janalbert fit un geste de la main.

—Un simple fond de stock dont je n'arrivais plus à me débarrasser. La mode change si vite...

—Je vous en prie, capitaine, répondit Fafaro, se contrôlant pour éviter toute trace de reproche ou d'agressivité. Je ne suis ni une idiote ni une enfant. Je crois plutôt que la *Carracque* est un navire pirate et que ces robes font partie du butin de quelque navire arraisonné.

Janalbert regarda vers l'horizon, sa fine moustache soulevée en un curieux sourire. De surprise? De moquerie? De tristesse?

—Vous ne répondez pas?

—Le roi Normand, pour s'en tenir à lui, nous considère comme des pirates.

—Et vous? Comment vous considérez-vous?

—Comme un homme libre! répondit Janalbert avec une ferveur qui surprit Fafaro. Oui, libre. Mais peut-être ne savez-vous pas ce que c'est, Fafaro, que la liberté...

— C'est une chose d'être libre, c'en est une autre d'écumer les mers... (Fafaro s'aperçut de ce qu'elle disait et changea aussitôt de ton) Désolée. Je ne voulais pas vous sermonner. Qui suis-je pour juger?

— Diantre! S'agit-il de la même Fafaro que celle d'hier, toute de flamme et de feu?

— Est-ce difficile à comprendre? J'étais inquiète pour la princesse... Et j'avais peur...

Elle baissa les yeux, étonnée de constater à quel degré sa dernière phrase avait été sincère. Janalbert s'approcha et lui prit la main.

— Vous n'avez pas à avoir peur.

Le cœur battant, Fafaro décida de pousser à fond le numéro de séduction.

— Je ne sais pas s'il s'agit de peur. Tout ce que je constate, c'est que vous me troublez beaucoup.

Janalbert ne répondit pas tout de suite. Fafaro se sentit rougir. Maladroite! Elle avait été trop directe, il avait deviné qu'elle se moquait de lui! Mais le capitaine se méprit sur son trouble: il s'approcha, serrant sa main avec plus de ferveur.

— Vous n'êtes pas la seule à être troublée, Fafaro.

À ce moment, un cri surexcité de Melsi parvint du ciel.

— Hiii! Que c'est effrayant! Tu dois essayer de monter toi aussi, Fafaro!

Fafaro en profita pour retirer sa main et s'éloigner de Janalbert. Elle leva le regard vers Melsi, se protégeant les yeux contre l'éclat du soleil. Coscoton, la tête en bas comme une chauve-souris, lui fit signe de monter elle aussi.

— Je vous remercie, lança Fafaro. Je suis très bien ici.

Au bout d'un laps de temps soigneusement calculé, elle regarda de nouveau dans la direction de Janalbert. Avec un pincement de déception, elle constata qu'il ne la regardait plus. Il était en grande discussion avec Le Carreau et un autre marin, au sujet d'une réparation aux gréements, lui sembla-t-elle. Avec dignité, Fafaro continua sa promenade sur le pont, réussissant à garder un visage serein malgré les mille émotions qui remuaient en elle.

Quand elle réintégra sa cabine, elle vit qu'on avait étendu sur son lit une magnifique robe de soie bleue et blanche, cousue de perles et de topaze. Sur le corsage, une note avait été épinglée, écrite d'une plume alerte et déliée :

Ce serait un honneur
si vous acceptiez ce soir de partager
une coupe de vin en ma compagnie,

Votre ami, Janalbert

Fafaro relut plusieurs fois la note, le cœur battant comme s'il voulait lui sortir de la poitrine. Elle se laissa tomber sur le lit, songeant à Nestorien, à Melsi, à ce qu'elle risquait si elle refusait, à ce qu'elle risquait si elle acceptait. Soudain, son cœur cessa de s'affoler et sa respiration reprit un rythme normal. Elle avait pris sa décision. Pour Melsi.

* * *

Quand Fafaro frappa timidement à la porte de la cabine de Janalbert, elle était prête à tout, mais pas à ce qu'elle vit une fois la porte ouverte. Au lieu du pantalon et veste de cuir fauve et du ruban dans ses cheveux noirs qu'il avait portés jusqu'alors, Janalbert était vêtu d'un resplendissant uniforme d'officier de la flotte de Trioriz, le même genre d'uniforme que Fafaro avait vu lors de la visite officielle de la *Brigaille* en compagnie des rois Japier et Normand.

Janalbert lui baisa galamment le dos de la main.

— Je constate que mon uniforme vous impressionne, finit-il par dire sur un ton amusé. Ce que vous portez n'est pas mal non plus. À vrai dire, vous êtes ravissante.

Comme Fafaro ne disait toujours rien, il lui fit signe de s'asseoir dans un des fauteuils. Pendant quelques secondes, Fafaro contempla le buffet, la fine vaisselle et les coupes de verre taillé qui avaient été disposés sur la table. Au fond des assiettes et sur la lame des couteaux, la lumière douce des chandelles éclaira les armoiries de Trioriz.

— Du vin? offrit Janalbert.

— S'il vous plaît, répondit Fafaro.

Janalbert emplit la coupe de Fafaro : à la forme de la bouteille de vin, elle reconnut qu'il s'agissait du produit des vignobles du roi Normand.

— Vous vous êtes donné beaucoup de mal pour me donner l'illusion que je me trouve encore à bord de la *Brigaille*. Je ne suis pas sûre de comprendre où vous voulez en venir.

— Il n'y a rien à comprendre, répondit Janalbert en remplissant sa propre coupe. C'est la vaisselle des dîners officiels à bord de la *Carracque*, la seule que j'ai jugée digne de votre présence. Quant à cet uniforme... J'ai longtemps hésité avant de le mettre, je dois le reconnaître...

Son regard croisa celui de Fafaro, et elle ressentit une curieuse chaleur au niveau de la poitrine.

— Je ne comprends toujours pas.

— Hier, j'avais promis une histoire à la princesse Melsi. Dommage qu'elle ne soit pas parmi nous.

— Je peux aller la chercher. Elle ne demandait pas mieux que de m'accompagner.

— Il est sans doute un peu tard, répondit Janalbert avec l'ombre d'un sourire. Cette histoire sera pour vous, Fafaro. Elle aurait pu être longue, je la ferai courte. Il n'y a pas de mystère à la présence de cette vaisselle, ou de mon uniforme. Voyez-vous, chère Fafaro, la *Carracque* était à l'origine un navire de la flotte du roi Normand. Il y a de cela... bien des années. Je venais d'y être nommé second sous les ordres d'un capitaine cruel et irresponsable, un petit noble entiché de marine que le roi Normand avait promu à ce poste en récompense de quelque service. Après bien des mois où l'équipage et le capitaine se supportaient tant bien que mal, ce dernier s'est mis à s'acharner sur Coscoton. Pourquoi lui? Allez savoir. Peut-être parce que le pauvre Coscoton gardait perpétuellement le sourire malgré l'ambiance pénible à bord, et que le capitaine en concluait qu'il se moquait de lui. Du jour au lendemain, rien de ce que faisait Coscoton ne trouvait grâce à ses yeux, même s'il ne travaillait pas plus mal qu'un autre. Un jour arriva ce qui devait arriver: Coscoton a commis une véritable erreur. Rien de dramatique: une partie de la cargaison qu'il avait mal arrimée s'est détachée et a failli glisser par-dessus bord. Le capitaine, trépignant de satisfaction malsaine, a ordonné cinq coups de fouet. J'estimais la punition terriblement disproportionnée par rapport à l'offense, d'autant plus que c'était à moi qu'incombait de donner lesdits coups. J'ai proposé avec tact d'abaisser la sentence à trois coups. Le capitaine a failli s'étrangler face à mon impudence :

« Ne vous avisez pas de discuter mes ordres, Janalbert, ou vous y goûterez aussi ! »

Coscoton a enlevé sa chemise et s'est appuyé contre le mât. Le capitaine a ordonné de l'attacher. Le Carreau a protesté :

« Pourquoi l'humilier ? Ce n'est pas un esclave. »

« Vermine, tu oses me contredire ? À toi aussi, cinq coups de fouet ! Tu y penseras avant de t'ouvrir la gueule, chien ! Y en a-t-il d'autres qui veulent y goûter ? »

Déjà qu'il me répugnait de donner le fouet à Coscoton, mais je ne pouvais absolument pas fouetter un pauvre vieux comme Le Carreau. Mon refus a rendu le capitaine hystérique : c'était une mutinerie, nous étions tous des forbans, nous allions être pendus dès notre retour à Trioriz ! Il m'a arraché le fouet des mains et s'est mis à frapper Coscoton : cinq coups, six, sept... Le Carreau a voulu lui enlever le fouet, l'autre lui a donné un vicieux coup de poing. Convaincus qu'il était devenu fou, nous avons maîtrisé le capitaine et l'avons enfermé dans sa cabine. J'ai pris le commandement. Tout l'équipage était soulagé, quoique inquiet : après tout, il s'agissait bel et bien de mutinerie. Persuadés de notre bon droit dans les circonstances, nous avons écourté notre voyage et remis le cap vers Trioriz. Arrivés sur place, nous avons libéré le capitaine, imaginant qu'il y aurait enquête et que nous pourrions nous expliquer. Pensez-vous! Quelques heures après notre arrivée (aucun d'entre nous n'avait quitté la *Carracque*, par prudence), une douzaine de soldats venaient nous arrêter, Coscoton, Le Carreau et moi, sur des accusations de haute mutinerie. «Haute mutinerie», c'est-à-dire la pendaison sans procès. Toute la frustration accumulée par l'équipage pendant des mois de mauvais traitements a explosé d'un coup. Dans l'échauffourée qui a suivi, il y a eu des morts des deux côtés. Horrifiés par ce que nous avions fait, nous avons appareillé et pris la fuite. Cette fois-ci, il n'était plus question d'espérer la clémence du roi. Nous étions — et nous sommes toujours — des mutins, des pirates, voleurs de navire et traîtres à notre roi. Mais cela ne fait pas de nous des flibustiers pour autant. Autant que possible, nous vivons du commerce.

— Et cette robe?

Janalbert haussa une épaule.

— Il arrive que nous trempions dans des combines louches, mais la vie est rude au nord de la mer Géante.

Fafaro but à sa coupe de vin, se donnant le temps de réfléchir, de reprendre contenance, de repenser à la marche à suivre. Elle s'était présentée à la cabine de Janalbert avec l'idée d'en finir au plus vite, craintive et un peu dégoûtée d'elle-même. À cause de Nestorien, bien sûr, mais aussi parce qu'elle détestait mentir. Voilà pourquoi trop de jeux de séduction lui déplaisaient, car ils supposaient une volonté de tromperie qui était étrangère à sa nature.

Voyant qu'elle ne répondait pas, Janalbert approcha son fauteuil tout près de celui de Fafaro et l'embrassa doucement à la base du cou. Fafaro essaya d'y mettre du sien, de serrer Janalbert dans ses bras, mais elle avait l'impression d'être paralysée. Il l'embrassa sur la joue, puis sur ses lèvres tremblantes. Fafaro lui posa la main sur la poitrine et le repoussa doucement, les larmes lui coulant sur les joues.

—Arrêtez. C'était une erreur. Je n'aurais pas dû venir ici.

—Ne pleure pas, dit doucement Janalbert en l'embrassant de nouveau. Il est normal d'avoir peur. C'est sans doute une expérience nouvelle pour toi.

—Vous ne comprenez pas, dit Fafaro en ravalant ses larmes. Je n'ai pas le droit d'être ici. Je suis fiancée.

En d'autres circonstances, l'expression de déception totale qui affaissa les traits de Janalbert aurait pu faire rire.

—Fiancée?

—Sur le navire où nous étions se trouvait

l'homme que j'aime. Je ne sais même pas s'il est encore vivant. Pouvez-vous imaginer mon inquiétude?

— Pourquoi ne pas l'avoir dit plus tôt? finit par demander Janalbert, sa bouche plissée en un pli amer.

Fafaro soupira piteusement.

— Je croyais que si je réussissais à vous séduire, vous accepteriez de ramener Melsi à Trioriz. En fait... (Elle soupira de nouveau, essuyant ses joues mouillées) Si vous me promettez de ramener la princesse, mon offre tient toujours...

Janalbert se leva et arpenta sa cabine, éclatant soudain d'un rire douloureux.

— Ton offre tient toujours? Maintenant que je sais que tu es fiancée et que tu n'as accepté mon invitation que par esprit de sacrifice! Généreuse Fafaro! Mais pour qui me prends-tu?

— Je suis désolée. Je ne suis pas habile à ce genre de jeux.

— Détrompe-toi! Tu es une séductrice aussi habile que cruelle. Tu t'amuses bien de ma déconfiture, n'est-ce pas? Mais pourquoi devrais-je être surpris? Tu es une femme, que faut-il ajouter de plus?

Fafaro se leva d'un bond, renversant les coupes de vin.

— Ça, c'est trop fort! fulmina-t-elle en tendant l'index sous le nez de Janalbert. *Moi,* séductrice? Mais qui est-ce qui me regarde avec des yeux de merlan frit depuis que j'ai été rescapée? Qui est-ce qui m'invite à des soirées en tête à tête, qui m'oblige à me promener en robe de princesse? Vous savez ce que j'en pense, de vos robes? *Je les déteste!* (Dans un spasme de fureur, Fafaro déchira sa ceinture, arracha les perles du corsage et les jeta à travers la cabine. Puis elle s'attaqua aux bijoux cousus dans la robe, arrachant de grands lambeaux de tissus par la même occasion.) J'ai toujours détesté ces robes! Je ne suis ni une courtisane, ni une poupée, ni une séductrice cruelle qui s'amuse du dépit des hommes! Je n'ai pas voulu me moquer de vous, capitaine. J'ai fait cela pour Melsi, comprenez-vous? *Comprenez-vous?*

Janalbert la prit par les épaules.

—Je t'en prie. Calme-toi. Je comprends. Je comprends...

Quelque chose se brisa au creux de la poitrine de Fafaro et elle pleura encore, debout au milieu de la cabine, le corps secoué de sanglots, essuyant les larmes qui lui coulaient jusqu'au menton. Janalbert voulut la prendre dans ses bras mais elle le repoussa doucement: c'était quelque chose qu'elle devait faire seule.

Quelqu'un frappa à la porte de la cabine:

—Fafaro? Ça ne va pas?

Avec un long regard entendu vers la jeune femme, Janalbert alla ouvrir. C'était Le Carreau, qui s'inquiétait de tout ce tapage. Quand il aperçut Fafaro en train de pleurer avec son corsage déchiré, il se tourna vers Janalbert, le visage blême de stupéfaction et de colère.

— Je ne sais même pas quoi te dire... Es-tu devenu fou?

— Ce n'est pas ce que tu crois, répondit Janalbert entre ses dents.

Fafaro se laissa tomber dans son fauteuil, riant de la méprise tout en continuant de pleurer. Le Carreau se pencha vers elle, décidément inquiet:

— Ça va, ma petite?

— Brave Le Carreau, dit Fafaro en caressant le visage parcheminé. À ma rescousse, comme un noble chevalier. Ne t'inquiète pas, Janalbert ne m'a pas touchée. C'est moi qui suis folle, pas lui.

— Tu n'es pas habituée au vin. Viens, je te ramène à ta cabine.

Fafaro le suivit docilement, sans dire un mot. Le vin... Oui, ça ne pouvait être qu'à cause du vin...

* * *

Quand Fafaro se réveilla le lendemain, Melsi était déjà au pied de son lit, anxieuse de savoir comment s'était déroulée sa rencontre avec le capitaine. Fafaro sourit tristement:

141

— Un désastre... Je te raconterai un jour, pas maintenant...

Melsi parut vexée pendant quelques secondes, mais déjà elle changeait de sujet: un marin leur avait apporté d'autres vêtements, sur l'ordre de Janalbert, semblait-il. À la fois surprise et ravie, Fafaro constata qu'il s'agissait d'une chemise de lin et d'un pantalon de cuir noir. Le pantalon était un peu serré aux hanches — peu importe: le cuir s'ajusterait — tandis que les manches de la chemise étaient trop longues — elle les roula. Avec un ruban détaché d'une des robes, elle noua ses cheveux qui s'allongeaient toujours. Elle s'étira, bâillant de satisfaction: elle ne s'était pas sentie aussi... aussi *normale* depuis le départ de Contremont.

Toujours suivies du kchün, Fafaro et Melsi sortirent sur le pont.

— Regarde! cria aussitôt Melsi. Nous voyons la côte!

Le kchün renifla à gauche et à droite, se demandant la cause de cette excitation. Melsi s'élança sur le pont, suivi du kchün qui aboyait de perplexité. Fafaro aperçut Janalbert sur le deuxième pont. Il lui fit signe de monter, le visage impassible.

— Tu verras mieux d'ici.

Fafaro hésita, puis obtempéra. Janalbert tendit la main vers un pan rocheux qui scintillait sous le soleil du matin, comme si la falaise avait été saupoudrée de paillettes. C'était le cap Bleu, où se trouvait le village côtier de Ganyvet, première escale le long de la côte déchiquetée de la mer Géante.

— Ganyvet est un petit village relativement tranquille. Je te conseille néanmoins d'être sur tes gardes lorsque nous y débarquerons. De nombreux pirates y font du commerce — de vrais pirates, ceux-là. Il n'est pas dit que tous ses habitants seront aussi gentilshommes que l'équipage de la *Carracque*.

Fafaro approuva distraitement : elle avait la tête ailleurs.

— Est-ce vrai qu'il y a encore des sylvaneaux dans les terres du nord?

— J'en ai déjà aperçu, répondit Janalbert sans paraître s'étonner de cette question. Ils vivent plus à l'ouest, à l'intérieur des terres. Je ne tiens pas à en savoir plus : ce sont des créatures étranges et dangereuses.

— Dangereuses?

— Tu serais étonnée de toutes les histoires horribles que l'on raconte à leur sujet.

Fafaro n'osa pas trop poursuivre sur ce sujet. Pendant un long moment, elle contempla les manœuvres des marins, la mer d'un bleu profond, et la côte qui s'approchait. Loin, très loin, entre deux pans de roc où cascadait un fleuve étroit, elle crut même apercevoir des habitations.

— Je voulais m'excuser pour mon attitude

d'hier, reprit doucement Janalbert. Ce que j'ai dit était impardonnable.

— Je comprends votre réaction. Moi-même, je hais le mensonge.

— Ouais... J'espère que tu apprécies tes nouveaux habits.

— Oui, et je vous remercie.

Janalbert plongea soudain un regard brûlant dans celui de Fafaro.

— Sais-tu pourquoi j'ai gardé ces robes tout ce temps? Parce que j'ai toujours rêvé de trouver sur un radeau une jeune femme, belle comme une sirène, pour la sauver et en faire ma compagne d'aventure. N'est-ce pas le rêve de tous les marins?

Fafaro posa la main sur celle du capitaine.

— J'ai une vie ailleurs, Janalbert, une vie que j'ai promis de partager avec un garçon que j'aime. S'il a... S'il a survécu au naufrage, il doit croire que je suis morte. Je souffre d'imaginer sa peine. Et s'il n'y avait que moi, ce serait trop facile de tout abandonner pour vivre une vie d'aventure à votre côté, Janalbert. Ne croyez pas que ça ne me tente pas. Mais il y a Melsi. Je suis responsable d'elle, maintenant.

— Je comprends.

— Je ne suis pas la créature de vos rêves, Janalbert. Je ne suis que Fafaro; humaine, simplement humaine.

— Pauvre amie, répondit Janalbert en

retirant sa main. Tu ne vois donc pas que chacune de tes objections m'oblige à t'aimer encore plus?

Je le vois, songea Fafaro en redescendant sur le pont principal. *Je ne le vois que trop bien...*

* * *

— Melsi? Melsi, réveille-toi...

— Mais... Que se passe-t-il? Il fait encore nuit...

— Ne parle pas et habille-toi en vitesse, chuchota Fafaro à son oreille. Il faut partir sans qu'on nous entende. Habille-toi et ne t'occupe pas du reste. J'ai tout préparé.

Bientôt, Melsi fut prête et Fafaro ouvrit la porte de la cabine.

La *Carracque* avait amarré en soirée, et tous les marins avaient bien bu pour fêter l'occasion. À cette heure de la nuit qui précédait le lever du soleil, le silence régnait donc sur le port de Ganyvet. En silence, Fafaro et Melsi marchèrent sur le pont désert. Avec un soupir d'exaspération, Fafaro se rendit compte que le kchün les suivait. Chuchotant et gesticulant, elle lui ordonna de retourner dans la cabine, mais l'animal hochait la tête d'un air perplexe, son regard reflétant la lumière lointaine des lanternes de l'auberge. Fafaro abandonna : si le kchün voulait les suivre, qu'il les suive !

145

Toujours en silence, Fafaro et Melsi descendirent sur le quai désert et traversèrent le village endormi, jusqu'à un petit sentier taillé dans la roche, qui montait le long de la pente escarpée. Un chien aboya dans la nuit, heureusement le kchün se contenta de pousser un grognement sourd. Une fois arrivée en haut, Fafaro tendit la main vers le plateau désert, une vaste étendue de broussailles et de rocailles moussues, lugubre sous la faible lumière de l'aube.

— Selon Janalbert, cette piste relie les villages côtiers. En marchant d'un bon pas, nous devrions atteindre les territoires des sylvaneaux dans moins d'une semaine. Nestorien, Vernon et Diarmuid doivent déjà être arrivés. Imagine leur surprise quand ils nous verront apparaître.

— Pourquoi marcher? rechigna Melsi. Pourquoi ne restons-nous pas à bord de la *Carracque*?

— Parce que je ne peux pas lutter contre la pitié et l'amour à la fois.

— Je ne comprends pas.

— Ça ne fait rien, soupira Fafaro. Moi non plus, je ne me comprends pas. Allez, viens! Plus tôt nous nous mettrons en route, plus tôt nous arriverons.

Fafaro et Melsi se mirent en marche. Le kchün les suivit, poussant de temps en temps un gémissement de perplexité.

13

Les sylvaneaux

Le lendemain de l'attaque des pirates, Nestorien était en train de changer les pansements d'un des membres de l'équipage lorsqu'il aperçut Diarmuid qui s'approchait, son visage bougeant sous l'intensité d'émotions que nul ne pouvait imaginer.

— Nestorien! s'exclama-t-elle de sa voix de cristal.

— Oui, Diarmuid! Que se passe-t-il? Nous sommes arrivés?

Elle agita vivement la tête, la main tendue vers la côte toute proche.

— Ici! Ici!

Le capitaine Bussard avait entendu les exclamations de la sylvanelle, et déjà l'équipage larguait les voiles. Accompagné de Vernon, Bussard scruta la côte: les falaises avaient fait place à un paysage moins grandiose, quoique toujours austère, de collines rocailleuses piquetées d'arbustes.

— Je ne vois rien, dit Bussard.

Mais Diarmuid insistait, si bien que le canot fut mis à l'eau et un premier groupe fut chargé d'aller reconnaître les lieux, groupe composé de Diarmuid, Nestorien, Vernon et trois de ses soldats.

Le canot les mena sur une plage de galets. L'air frais sentait le varech, des oiseaux de mer traçaient de gracieuses courbes dans le ciel, un vent léger faisait bruisser les feuilles des arbustes. La plage leur sembla parfaitement sauvage et inhabitée.

— Qu'est-ce qu'on fait maintenant? demanda Vernon.

— Par là, insista Diarmuid en tendant la main vers l'intérieur des terres.

Nestorien fut sur le point de dire quelque chose, mais il resta figé de surprise, comme ses quatre compagnons. À l'orée de la forêt, trois sylvaneaux les regardaient, pâles et silencieux comme des spectres. C'étaient trois hommes. Leur corps blanc était presque nu à l'exception d'un pantalon court. Ils étaient très élancés, leurs longs cheveux blancs flottaient au vent. Leur beauté avait quelque chose de douloureux, comme la sensation d'une blessure ancienne au plus sombre de la nuit.

Ils s'avancèrent, marchant avec une grâce irréelle sur le sol rocailleux.

— Ils sont armés, chuchota Vernon.

Nestorien constata, avec surprise, que son

ami avait raison: un court poignard pendait à leur ceinture. Il fit signe à Vernon et ses hommes de ne pas faire de geste menaçant.

De toute façon, les trois sylvaneaux les regardèrent à peine. Ils s'arrêtèrent devant Diarmuid, lui caressèrent les cheveux en lui posant une question dans une langue fluide qui ne ressemblait à rien de connu.

Diarmuid hocha doucement la tête.

— Je comprends vos gestes, mais pas vos mots.

Sans même un regard vers les cinq hommes, les trois sylvaneaux rebroussèrent chemin vers les buissons. Diarmuid suivit, faisant signe à Nestorien et aux quatre soldats d'en faire autant. Après un bref regard à ses compagnons, Nestorien obéit.

Invisible de la plage, un étroit sentier serpentait dans une inextricable forêt de petits arbres aux troncs couverts d'une mousse grisâtre. Nestorien et les soldats n'avaient pas le temps de contempler la forêt, ils devaient se presser pour ne pas se laisser distancer par les quatre sylvaneaux.

Au bout d'une heure de marche, peut-être moins, la forêt s'éclaircit et le sentier s'élargit. Bientôt, ils arrivèrent au sommet dénudé d'une petite colline. Nestorien s'arrêta, soufflé par l'étrange beauté de la vallée qui s'étendait sous ses yeux. Ici, la forêt avait fait place à une vallée herbeuse, où affleurait par endroit le dos moussu des rochers. Au milieu de cette vallée, enjambant une rivière, un magnifique château lançait ses hautes tours blanches à l'assaut du ciel.

Diarmuid et les trois sylvaneaux n'avaient pas cessé de marcher. Nestorien et ses compagnons durent presque courir pour les rattraper. La route s'élargissait toujours: elle était maintenant large de quatre pas et pavée de pierre polie. Sur les bords de la route, des silhouettes se redressèrent parmi les champs cultivés et les regardèrent passer.

— Ils n'ont pas les cheveux blancs, chuchota Vernon à l'oreille de Nestorien. Ils ont l'air humains.

Nestorien ne répondit pas. Tout ce qu'il voyait était si familier, et pourtant si étrange.

Avant même d'arriver au château, une délégation de sylvaneaux était venue à leur rencontre. Ils devaient être une vingtaine, un spectacle à la fois splendide et insolite. Certains étaient presque nus, tandis que d'autres disparaissaient sous les plis et replis de leurs robes et de leurs larges chapeaux vaporeux.

Diarmuid s'arrêta à quelques pas, baissant la tête comme si elle était intimidée. Parmi le groupe, une des sylvanelles vêtues de la façon la plus extravagante s'avança vers Diarmuid.

— Tu parles la langue des hommes? demanda-t-elle d'une voix qui sonnait comme l'écho d'une cloche au fond des eaux.

— Oui. J'ai toujours vécu parmi eux.

— C'est toi que nous entendions parfois, dit un autre sylvaneau.

— Tu étais loin, si loin, dit un troisième.

— Ce temps est fini, reprit la sylvanelle qui avait parlé en premier. Tu es de retour chez les tiens. Viens.

Diarmuid se tourna vers Nestorien, Vernon et les soldats.

— Je suis enfin chez moi.

— Oui, Diarmuid, dit Nestorien, la gorge serrée, tu es chez toi.

Diarmuid embrassa Nestorien, Vernon et les trois soldats.

— Merci, mes amis, dit-elle, ses yeux vert pâle luisant d'émotion. Je suis chez moi, chez moi...

Ce fut au tour de l'étrange sylvanelle de venir embrasser Diarmuid. Alors seulement daigna-t-elle regarder Nestorien et ses compagnons.

— Vous aussi, humains, pouvez venir, dit-elle simplement.

Sans un mot de plus, les sylvaneaux retournèrent au château, avec Diarmuid au milieu d'eux. Avec l'impression qu'ils venaient de pénétrer dans un rêve d'enfant, Nestorien et les quatre soldats suivirent.

(Fin de la première partie)

Table des matières

1 Deux ans plus tard 7

2 La requête de Diarmuid 24

3 Trioriz. 33

4 Melsi et Auré 41

5 Sur les flots de la mer Géante 54

6 La tempête 65

7 Un réveil brutal 73

8 Naufragées ! 83

9 Sur la *Vaillante* 94

10 Sur la *Carracque* 100

11 À l'assaut de la *Vaillante* 114

12 Fafaro et Janalbert 126

13 Les sylvaneaux 147

Collection

Jeunesse – pop

L'INCONNUE DES LAURENTIDES, Monique Sabella
LES INSURGÉS DE VÉGA, Jean-Pierre Charland
PIONNIERS DE LA BAIE JAMES, Denis Boucher
LE PIÈGE À BATEAUX, Louis Sutal
DIANE DU GASCOGNE, Sylvestre Zinnato
PIÈGE SUR MESURE, Marie Plante
UNE... DEUX... TROIS PRISES. T'ES MORT, Jean Benoit
LE TOURNOI, Jean Benoit
LA ROULOTTE AUX TRÈFLES, Joseph Lafrenière
POURSUITE SUR LA PETITE-NATION, Claude Lamarche
ÉNIGME EN GRIS ET NOIR, Huguette Landry
LE TABACINIUM, Gaston Otis
LE BIBLIOTRAIN, Joseph Lafrenière
INNOCARBURE À L'ENJEU, Marie Plante
L'ÎLE, Pauline Coulombe
CHANTALE, Joseph Lafrenière
LA BARRIÈRE DU TEMPS, Marie Plante
ORGANISATION ARGUS, Daniel Sernine
LE FILS DU PRÉSIDENT, Alain Bonenfant
LE TRÉSOR DU SCORPION, Daniel Sernine
GLAUSGAB, CRÉATEUR DU MONDE, Louis Landry
GLAUSGAB, LE PROTECTEUR, Louis Landry
KUANUTEN, VENT D'EST, Yves Thériault
L'ÉPÉE ARHAPAL, Daniel Sernine
LE FILS DU SORCIER, Henri Lamoureux
LA CITÉ INCONNUE, Daniel Sernine
ARGUS INTERVIENT, Daniel Sernine
L'ARBRE AUX TREMBLEMENTS ROSES, Danièle Simpson
TEMPS PERDU, Charles Montpetit
L'INVISIBLE PUISSANCE, Denis Côté
LES ENVOÛTEMENTS, Daniel Sernine
DE L'AUTRE CÔTÉ DE L'AVENIR, Johanne Massé
LA PISTE DE L'ENCRE, Diane Turcotte

LA PÉNOMBRE JAUNE, Denis Côté
L'ÉTRANGER SOUS LA VILLE, Esther Rochon
MÉTRO CAVERNE, Paul de Grosbois
CONTRE LE TEMPS, Johanne Massé
LE RENDEZ-VOUS DU DÉSERT, Francine Pelletier
LE DOUBLE DANS LA NEIGE, Diane Turcotte
LE MYSTÈRE DE LA RUE DULUTH, Paul de Grosbois
LA MÉMOIRE DES HOMMES, Jean-Michel Lienhardt
ARGUS: MISSION MILLE, Daniel Sernine
MORT SUR LE REDAN, Francine Pelletier
TEMPS MORT, Charles Montpetit
LE CRIME DE L'ENCHANTERESSE, Francine Pelletier
LA NEF DANS LES NUAGES, Daniel Sernine
L'HÉRITAGE DE QADER, Philippe Gauthier
LE PASSÉ EN PÉRIL, Johanne Massé
MONSIEUR BIZARRE, Francine Pelletier
LA MER AU FOND DU MONDE, Joël Champetier
QUATRE DESTINS, Daniel Sernine
LA REQUÊTE DE BARRAD, Joël Champetier
DES VACANCES BIZARRES, Francine Pelletier
LE CHÂTEAU DE FER, Philippe Gauthier
LA PRISONNIÈRE DE BARRAD, Joël Champetier
LES RÊVES D'ARGUS, Daniel Sernine
L'OMBRE ET LE CHEVAL, Esther Rochon
LE VOYAGE DES CHATS, Luc Pouliot
LE SEPTIÈME ÉCRAN, Francine Pelletier
LE DESTIN DE QADER, Philippe Gauthier
LA SAISON DE L'EXIL, Francine Pelletier
LE CHANT DES HAYATS, Alain Bergeron
LES MOTS DU SILENCE, Johanne Massé
LE JOUR-DE-TROP, Joël Champetier
LA BIZARRE AVENTURE, Francine Pelletier
LA GUERRE DES APPALOIS, André Vandal
LE VOYAGE DE LA SYLVANELLE, Joël Champetier
LA PLANÈTE DU MENSONGE, Francine Pelletier
CHAT DE GOUTTIÈRE, Jean-Michel Lienhardt

Achevé d'imprimer
en octobre 1993
sur les presses de
Imprimerie Métrolitho

Imprimé au Canada — Printed in Canada